A

Sophie Bassignac

Familiäre Verhältnisse

Roman

Aus dem Französischen
von Claudia Steinitz

Atlantik

Die Originalausgabe erschien 2016 unter dem Titel
Séduire Isabelle A. bei JC Lattès, Paris.

Das Zitat auf Seite 168 stammt aus:
Gustave Flaubert, *Briefe an Louise Colet*, aus dem Französischen von Cornelia Hastings, Haffmanns Verlag, Zürich 1995, S. 774.

Atlantik Bücher erscheinen im
Hoffmann und Campe Verlag, Hamburg.

1. Auflage 2018

www.hoca.de *www.atlantik-verlag.de*
Satz: Pinkuin Satz und Datentechnik, Berlin
Gesetzt aus der Trump Mediäval
Druck und Bindung: CPI books GmbH, Leck
Printed in Germany
ISBN 978-3-455-00128-0

HOFFMANN
UND CAMPE

Ein Unternehmen der
GANSKE VERLAGSGRUPPE

Für Pierre Bassignac

Fräulein V. ist sehr romantisch,
gleichwohl ist sie sehr brünett.
Josep Pla, El quadern gris

Die Dynastie der Pettigrews

1. Generation

James Pettigrew

Henriette Pettigrew

Suzanne, Schwester von Henriette

2. Generation

Ludovic Pettigrew, Sohn von Henriette und James Pettigrew

Umberto Beati, Freund von Ludovic

Catherine Axilette, Tochter von Henriette und James Pettigrew

Philippe Axilette, Ehemann von Catherine

3. Generation

Barbara Hiver, Tochter von Catherine und Philippe Axilette

Guillaume Hiver, Ehemann von Barbara

Frédéric Axilette, Sohn von Catherine und Philippe Axilette

Isabelle Axilette, Tochter von Catherine und Philippe Axilette

Pierre Réveillon, Freund von Isabelle

4. Generation

Noémie Hiver, Tochter von Barbara und Guillaume Hiver

Benjamin Hiver, Sohn von Barbara und Guillaume Hiver

I

Morgenlicht fiel durch das offene Fenster und legte einen leuchtenden Schleier über Isabelles Haut. Das zurückgeschobene Laken bedeckte kaum ihre Fußspitzen. Pierre hatte einen Riesenständer, aber sie schlief so tief, dass er sein Verlangen unterdrückte. Er strich mit der Hand sanft von den schmalen Hüften bis hinauf zu ihrem dichten schwarzen Haar. Dann schob er sich zwei Kissen in den Rücken und sah sich gründlich im Schlafzimmer um, das er nach ein Uhr morgens nur undeutlich wahrgenommen hatte. Gleich dem Rest des Hauses schien auch durch diesen Raum ein Tornado gefegt zu sein. Das staubige, seit Ewigkeiten vergessene Durcheinander auf der Kommode mit verblassten Blumenmotiven war so überladen wie die deprimierende Auslage eines Trödlers. Die Tapete, eine berauschende Wiederholung kleiner Paradiesvögel, war mit Feuchtigkeitsflecken, abgegriffenen Ansichtskarten und schief angepinnten Kinderzeichnungen übersät. Die Hälfte des Raumes nahm ein riesiger Schrank ein, der beunruhigende Koloss war vermutlich mit alten, von Mottenschwärmen bewohnten Kleidungsstücken vollgestopft. Wenn Räume die Persönlichkeit ihrer Bewohner widerspiegeln, überlegte Pierre besorgt, ist Isabelle chaotisch, traumatisiert und immun gegen die Gesetze der Symmetrie.

Er legte seine Hand auf den Hintern der schlafenden Schönen und rief sich den verblüffenden Ablauf des Vorabends in Erinnerung. Seit sechs Monaten war er mit Isabelle zusammen, und fast jeder Tag brachte ihn aus der Fassung. Eigentlich war sie ein offenes Wesen, aber wann immer er sie drängte, konkret zu werden oder ihm etwas zu erklären, setzte sie eine erschöpfte Miene auf. Ständig musste er Leerstellen füllen und allein das Wie und Warum ihrer zahllosen Extravaganzen herausfinden. Das hingepfuschte Bild, das ihm Isabelle von ihren Großeltern gezeichnet hatte, hätte ihn misstrauisch machen müssen. Ohne ins Detail zu gehen, hatte sie gesagt, ihre Familie sei speziell, und dieses »speziell« hatte es in sich, das wurde nun offensichtlich. Anhand ihrer wenigen Hinweise hatte er sich seine eigene Vorstellung von ihnen gemacht, sehr provinziell und ziemlich ungezwungen. Zwar hatte Isabelle ihn nicht belogen, aber das Wichtigste hatte sie unterschlagen. James Pettigrew, seine Frau Henriette und seine Schwägerin Suzanne waren krasse Exzentriker und schamlose Snobs. Sie hatten ihn mit Freudenschreien und einer furchterregenden Begeisterung begrüßt, die jeden in die Flucht getrieben hätte, der etwas weniger in ihre Enkelin verliebt gewesen wäre als er. In ihrer Gesellschaft hatte Isabelle sich verändert; auf einmal redete sie ohne Punkt und Komma und mit einer schrillen Stimme, die er nicht an ihr kannte. Das verrückte Quartett hatte ihn auf ein kaputtes Sofa gesetzt, ihm ein Glas Portwein in die Hand gedrückt und ihn beobachtet wie gierige Psychopathen, die keine Zurückhaltung kannten. Nachdem er die erste Verblüffung überwunden hatte, konzentrierte er sich im Verlauf eines langen Abendessens darauf, seine Gefühle zu ordnen und eine Überlebensstrategie im unbekannten Umfeld zu entwickeln; am Ende des Abends – wieder auf demselben Sofa, diesmal mit einem Cognacschwenker voll Armagnac in der Hand – fühlte er sich in der Gesellschaft der Pettigrews ziemlich wohl.

Isabelle bewegte sich im Schlaf und gab einen entzückenden Seufzer von sich. Pierre schmiegte sich an ihren Körper und unterdrückte ein Lachen. Wie hatte er es bloß geschafft, den ganzen Auftaktabend lang ernst zu bleiben? Isabelle hatte ihm gesagt, dass sie ihre Großmutter Henriette abgöttisch liebe, die seit jeher ein Idol für sie sei. Er hatte sich von der Alten sein eigenes Bild gemacht und war auf eine etwas angespannte alte Dame eingestellt gewesen, bürgerlich, eisig, zerbrechlich wie Kristall, alte Schule. Henriette Pettigrew war das genaue Gegenteil. Sie war eine junge Frau von zweiundachtzig Jahren, deren eckiges Gesicht zur Hälfte hinter einer großen Brille mit dickem Horngestell verborgen war. Sie war groß und hager, der Prototyp der Engländerin, die sie gar nicht war. Der Schnitt ihrer silbergrauen Haare ließ an Rockabilly und seine schrägen *Bad Boys* denken und bildete einen krassen Kontrast zu dem roten Kimonokleid, auf dessen Rücken ein prächtiger Kranich mitten im Abflug gestickt war. Henriette Pettigrew, die ihn barfuß empfangen hatte, war mindestens einen Meter fünfundsiebzig groß, ein bemerkenswertes Detail, denn die Frauen ihrer Generation waren eher klein. Ihre langen Arme machten ausladende Bewegungen, und sie nahm auf den Sofas schmachtende Posen ein, deren einziges Ziel darin zu bestehen schien, ihren Mann James Pettigrew zu bezirzen. Ihre Redeweise ließ die Luft vibrieren, das Flüstern einer Tragödin, ein schrilles Lachen und mit aristokratischer Nonchalance hingeworfene Sätze wechselten einander ab. Sie schien alterslos zu sein oder vielmehr alle Alter gleichzeitig zu haben und verkörperte in einem anstrengenden Durcheinander von einer Minute zur anderen alle Frauen, die sie je gewesen war. Die verwirrende und sinnliche Henriette war die Antithese zur lieben Oma auf den Joghurtbechern im Supermarkt.

Ihre Schwester Suzanne war anders gestrickt, konnte es aber durchaus mit ihr aufnehmen. Sie war seit einigen Monaten Witwe und trug unter dem sanften Schimmer des lavendelfarbigen Haars eine eher heuchlerische Halbtrauer zur Schau. Suzanne war genauso schlank wie Henriette, aber viel kleiner, und trug einen enganliegenden, kurzen schwarzen Rock und eine Bluse, die mit bunten *Pacman*-Figuren übersät war. Ihre in Flipflops steckenden Füße schienen zu einem anderen Körper zu gehören. Pierre begriff schnell, dass Suzannes Schwerhörigkeit die Lautstärke im Haus erklärte, und klammerte sich an diese Logik, die ihn etwas erleichterte. Im Unterschied zu ihrer Schwester war Suzanne nicht affektiert. Sie war eher der Typ Pfadfinderführerin und neigte dazu, wie ein Huhn zu glucksen. Ihre Sätze beendete sie mit einem kleinen ruckartigen Kopfnicken, als bekunde sie die Absicht, ihre höchst wertvollen Kommentare zum Thema auf später zu vertagen. Die Harmonie zwischen den Schwestern war sichtbar und rührend. Henriette umhegte Suzanne mit dem Blick der Älteren, Suzanne umhegte Henriette mit dem Blick der Jüngeren, die sie überleben würde.

Der Jackpot ging allerdings an James Pettigrew, der mitten im August in einem maßgeschneiderten Nadelstreifenanzug aus blauem Tuch steckte, den auch einer der unzähligen Banker in der *City* hätte tragen können. Wie seine Frau hatte auch er ein langgezogenes Gesicht, einen riesigen Mund und die Bewegungen eins Schlafwandlers. James war rot geädert wie ein Engländer und soff auch wie einer. Alles brachte ihn zum Lachen, sogar die Gesprächspausen, die er mit grundlosem Kichern füllte. Isabelle hatte Pierre empfohlen, ihn nach seinem Hühnerhof zu fragen, aber das war nicht nötig. James, Suzanne und Henriette genügten sich selbst. Ihre Bildung war beängstigend, und sie spielten damit so geschickt wie Jongleure, die ihre Teller in die Luft werfen, ohne sich um die Scherben zu kümmern. Während des Abendessens wurden immer neue Schriftsteller, Maler und Musiker erwähnt, adoptierte Ahnen, von denen Pierre nie gehört hatte. Die drei hatten alles gelesen, alles gesehen, alles bereist und auch viel Zeit hier im Anjou verbracht.

Pierre war allerdings nicht entgangen, dass ihn die drei Alten, denen Isabelle sicher von ihren Hochzeitsplänen erzählt hatte, pausenlos beobachteten. Vor einem Monat hatte er ihr offiziell einen Antrag gemacht. Statt ja zu sagen und ihm um den Hals zu fallen, hatte sie ihm zu seiner Überraschung vorgeschlagen, ihre Familie kennenzulernen. Pierre hatte begriffen, dass ihre Zustimmung vom Urteil der Pettigrews abhängen würde, und eingewilligt, sich ihm zu unterwerfen, obwohl er ziemlich gekränkt war. Es stand also einiges auf dem Spiel, wenn er nun eine Woche in der Höhle des Löwen verbrachte. Er musste sich wohl zu den anderen auf die Bühne stellen, sich seine eigene Rolle ausdenken und ebenso glänzend improvisieren wie seine Mitspieler. Während des Abendessens hatten ihm seine Gastgeber zwischen zwei Gängen und unzähligen Zitaten Fragen gestellt. Sie ersparten ihm das ewige »Lügenpresse«, das normalerweise wie ein Mantra ertönte, sobald er seine Tätigkeit als Nachrichtenjournalist erwähnte. Gerührt von der tiefen Einsamkeit der Schwerhörigen, die Suzannes Blick trübte, erhob er die Stimme, um Presseanekdoten zu erzählen. Seine

Lautstärke und die ständigen Wiederholungen gaben ihm das unangenehme Gefühl, nur Blödsinn zu reden.

Pierre schwitzte, er löste sich von Isabelles feuchtem Körper, legte sich quer über das Bett und betrachtete die freie Fläche an der Zimmerdecke. Woher rührte das ungewohnte Gefühl der Unterlegenheit, das ihn beim Abendessen immer wieder gepackt hatte? Er kam aus einer stolzen Pariser Familie, deren soziale Stellung er nie hinterfragt hatte. Der Status seines Vaters, Urologe im VII. Arrondissement, war einfach unbestreitbar. Wie ein prächtiger und unverwüstlicher Mantel, der vor Kälte und jedem Wetter schützt, hatte ihn seine Mutter vor jedem Ungemach bewahrt. Sie diente ihren beiden Söhnen und hatte deren sakrosankten Ehrgeiz und unterschiedliche Lebensziele unermüdlich und ohne zu zweifeln unterstützt. Warum also fühlte er sich in Gegenwart der Pettigrews so nackt und unbeholfen? Schließlich hatte ihn in dem extravaganten Salon niemand von oben herab behandelt oder eine unpassende Bemerkung gemacht, die die eigenartige Erschütterung seiner Grundfesten gerechtfertigt hätte.

Reifenquietschen, gefolgt vom dumpfen Knall zuschlagender Autotüren und vom Brüllen brünstiger Tiere, unterbrachen sein Grübeln. Isabelle wurde von dem Krach geweckt und rekelte sich, bevor sie sich umdrehte. Dann steckte sie mit einem Lächeln ihre kleine Zunge gierig in Pierres Mund.

Pierre ließ sich auf das durchgesessene Sofa im Salon der Pettigrews fallen. Der Sex vor dem Aufstehen hatte ihn vorübergehend entspannt, aber nun, allein in dem geschmacklos eingerichteten Raum, spürte er die Angst eines Hypochonders, der in einem einsamen Wartesaal vergessen wurde. Isabelle zu verführen war mühsam gewesen, und er hatte nicht gedacht, dass er das gleiche Theater mit jedem Mitglied ihrer Familie würde aufführen müssen, deren Macht über seine unmittelbare Zukunft ihm seit dem Vortag deutlich vor Augen stand. Sein Blick irrte durch den Raum und traf plötzlich auf den einer jungen Asiatin, die ihn anstarrte und mit der Regelmäßigkeit eines Schweizer Kuckucks nickte. James Pettigrew, der ihren Arm hielt, strahlte vor Glückseligkeit. Er trug, ganz unpassend in diesem extrem trockenen Sommer, Gummistiefel und protzte mit einer mehrfarbigen Tweedjacke und einem Einstecktuch, das sorgfältig als Origami eines weißen Huhns gefaltet war.

»Guten Tag!«, brüllte er. »Ich möchte Ihnen Bo-Bae vorstellen. Bo-Bae, das ist Pierre, der Freund von Isabelle.«

James betrachtete die junge Frau mit kindlichem Staunen, als entdeckte er das Wunder an seiner Seite in jedem Moment neu. Er ging summend zu einem Serviertisch, auf dem schwere, altmodisch ziselierte Flaschen schillerten, die mit dunklen Flüssigkeiten gefüllt waren.

»Whisky?«, schrie er. »Ein guter Moment!«

Pierre fragte sich, warum James in Abwesenheit von Suzanne weiter brüllte. Sein Gastgeber schenkte ihm einen *Triple Baby* ein, für einen Anfänger wie ihn womöglich eine tödliche Dosis. Plötzlich war er bedrückt. Seine Aufnahmefähigkeit für alkoholische Getränke würde ein entscheidender Faktor für die Feuertaufe bei den Pettigrews sein.

»Bo-Bae ist in Korea geboren«, sagte James und liebkoste sie mit Blicken. »Ihre Familie ist nach Chicago emigriert, als sie noch ein Kind war.«

»Wohnen Sie in der Nähe?«, fragte Pierre.

Ohne zu warten, antwortete James für die junge Frau.

»Bo-Bae wohnt in einem kleinen Nebengebäude, das wir als Studio eingerichtet haben. Sie besucht Französischkurse für Ausländer an der Universität und macht rasend schnell Fortschritte.«

»Warum Französisch?«

»Ich liebe Frankreich sehr«, sagte sie mit sanfter Stimme und starkem amerikanischem Akzent. »Ich mache auch einen Kochkurs bei einem Chefkoch. Ich würde gern in Chicago ein Restaurant eröffnen.«

»Bo-Bae ist eine außergewöhnliche Köchin«, sagte James mit der begeisterten Stimme eines Staubsaugerverkäufers. »Noch einen?«, fragte er und schwenkte sein leeres Glas.

»Nein danke«, antwortete Pierre.

Isabelle war lautlos ins Zimmer gekommen, schmiegte sich an ihn und begann unter dem unergründlichen Blick der jungen Koreanerin ohne Vorankündigung an seinem Hals zu saugen. Da tauchte aus dem Nichts plötzlich eine blonde Furie auf und stürzte sich mit der Energie eines wilden Tieres auf ihn. Bebend vor Angst löste er sich recht und schlecht von der Saugkraft seiner Geliebten.

»Catherine Axilette«, brüllte die Furie und zerquetschte fast seine Hand. »Pierre Réveillon, vermute ich? Réveillon, Réveillon«, trällerte sie. »Ein wunderbarer Name!«

Pierre lächelte. Isabelles Mutter, und das war ein gutes Omen, überlegte wohl schon, wie der Vorname ihrer Tochter mit diesem »Réveillon« klang, das ihm wie ein Klotz am Bein hing – wer hieß schon gern Silvester? Er fragte sich jedoch, wie er ihren männlichen Händedruck und den eher inquisitorischen als wohlwollenden Blick deuten sollte.

Catherine Axilette goss sich einen Drink ein, den sie unter einem Eisberg ertränkte.

»Trinken Sie nicht?«, fragte sie erstaunt und starrte auf den unberührten *Triple Baby*, den Pierre auf dem Tischchen zwischen einem Aschenbecher und einem Stapel Zeitungen nur schlecht versteckt hatte.

»Maman, er ist solide«, sagte Isabelle verlegen.

Pierre hatte das merkwürdige Gefühl, dass sie ihrer Mutter einen Réveillon-Makel offenbarte, den ihre künftigen Nachkommen womöglich erben würden.

»Ich komme um vor Hunger, und ich habe noch so viel zu tun«, schrie Catherine und klatschte in die Hände. »Wo sind die anderen?«

»Ludovic und Umberto wollten zum Kaffee da sein«, sagte Isabelle. »Frédéric hat sich nicht gemeldet.«

»Und Barbara?«

»Sie kommt am Nachmittag mit Guillaume und den Kindern.«

»Sehr gut. Wissen Sie eigentlich, warum wir uns alle hier versammeln?«, fragte Catherine Pierre, während sie ihr Glas schwenkte.

Pierre fühlte sich plötzlich sehr einsam, obwohl alle Blicke auf ihn gerichtet waren. Was sollte er sagen? Dass sie da waren, um ihn zu prüfen und zu urteilen, ob er es verdiente, eine Pettigrew zu heiraten?

»Catherine, nerv ihn nicht mit den Ritualen einer alten, abgetakelten Familie«, sagte James. »Bestimmt hat Isabelle es Ihnen erzählt. Wir feiern jeden Sommer gemeinsam den Geburtstag von Henriette, genau am 15. August. Es ist unumgänglich, sie besteht darauf. Das geht schon so, seit die Kinder alt genug sind, den Unterschied zwischen gestern und heute zu machen, also seit einigen Jahrzehnten.«

»Hat Isabelle Sie wenigstens auf die Aufführung vorbereitet?«, fragte Catherine.

Pierre packte eine furchtbare Ahnung. Isabelle hatte ihm von keiner Aufführung erzählt, und mit der, die diese Familie offenbar vom Aufstehen bis zum Schlafengehen gab, war er bestens bedient.

»Nein, ich wollte ihn nicht in die Flucht treiben!«, sagte Isabelle lachend. »Es gibt nämlich jedes Jahr zu Henriettes Geburtstag eine Aufführung. Jeder zeigt, was er will.« Pierre starrte sie entsetzt an. »Reg dich nicht auf, das ist cool«, versicherte sie. »Du hast eine Woche Zeit, um dir etwas einfallen zu lassen.«

Pierre überfiel plötzlich eine unendliche Müdigkeit. Nacheinander sah er den Pettigrews, die ihn dämlich angrinsten, ins Gesicht und fragte sich, ob es sich lohnte, eine Minute länger in diesem Morast zu bleiben. Und obendrein noch die merkwürdige Koreanerin, die ihn mit ihren kleinen, halbgeschlossenen Augen anstarrte, als hätte sie Spaß daran, ihm den Schädel zu durchbohren, um seine verborgensten Absichten herausbluten zu lassen.

»Philippe! Herrgott!«, rief Catherine fröhlich. »Ich suche dich überall.«

Der Neuankömmling kam geradewegs auf Pierre zu.

»Guten Tag. Philippe Axilette.«

Dieser liebenswürdige Mensch brüllte nicht, es war ein Wunder! Pierre hätte ihn gerne in die Arme geschlossen, aber seine Hände und Hosen waren ölverschmiert.

»James, Ihr Wrack ist wieder frisch wie ein junges Mädchen«, sagte Philippe, »eins aus guter Familie, glauben Sie mir. Aber ich erlaube mir, Sie noch mal daran zu erinnern, dass alle Autos vier, manchmal fünf oder gar sechs Gänge haben und dass es empfehlenswert ist, sie in der richtigen Reihenfolge einzusetzen. Essen wir?«, fragte er seine Frau.

»Wir haben nur auf dich gewartet.«

»Ich wasche mir die Hände, dann bin ich bei euch.«

Nachdem Philippe verschwunden war, setzte Catherine die Unterhaltung fort und zählte begeistert die bislang spektakulärsten Nummern ihrer jährlichen Show auf. Abgelenkt von Isabelles Hand, die an seinem Oberschenkel immer höher kroch, hörte Pierre mit halbem Ohr die lange Liste der beunruhigenden Leistungen, die vier Generationen von Pettigrews vollbracht hatten. Sie erwähnte unter anderem eine denkwürdige Parodie von *König Lear*, ein dressiertes Huhn, das Streichhölzer zählte, eine zersägte Frau in einem Pappsarg und einen Hexensabbat weiblicher Gespenster. Pierre schaltete ab und dachte an sein Leben als junger, vielversprechender Journalist wie an eine Parallelwelt, die plötzlich sehr verschwommen war. Er versuchte sich seine Eltern vorzustellen, die vielleicht irgendwann in diesem Salon sitzen und hören würden, wie ihr Sohn mit Wahnsinnigen herumbrüllte. Was hatten Catherine Axilette und Irène Réveillon gemeinsam? Auf welchem neutralen Boden könnten sich diese diametral entgegengesetzten Wesen vernünftig begegnen?

Schläfrig sah er zu, wie Catherine sich ein zweites Glas Whisky einschenkte. Sie war um die sechzig, eine Frau mit intensiver Präsenz und einer Figur, die von Selbstdisziplin zeugte. Die marmorharte Fönfrisur, energische Augenbrauen, eine tiefe Falte zwischen den Augen und leicht vorstehende Zähne machten sie umwerfend sympathisch. Isabelle hatte ihm erzählt, dass ihre Mutter sehr sportlich war und in ihrer Jugend Reitturniere gewonnen hatte. Pierre hatte Mühe, sie sich auf einem Pferd, zumindest auf einem ruhigen Pferd vorzustellen. Kurzum, die vibrierende Catherine Axilette strotzte beängstigend vor Energie.

»Zu Tisch!«, rief Philippe aus dem Flur.

»Alles in Ordnung?«, flüsterte Isabelle Pierre ins Ohr.

»Passt schon«, murmelte er und stand auf.

»Maman, das ist doch ein Schlafanzug!«, rief Catherine und musterte ihre Mutter von Kopf bis Fuß.

Erhaben nahm Henriette neben ihrem Mann am Tisch Platz.

»Er gefällt mir so gut!«, sagte sie. »Es wäre Verschwendung, ihn nur nachts zu tragen. Der wunderbar moirierte Seidensatin mit den Streifen in Altgold und zerdrückter Himbeere ist göttlich. Ich fühle mich, als hätte ich mich in der Garderobe von Oscar Wilde bedient«, gestand Henriette und schäkerte zugleich wie ein junges Mädchen mit James. »Meine Kleine, deine neue Kollektion ist wahnsinnig elegant. Ich gratuliere dir.«

Das Thema hielt die Tischrunde bis zum Käse in Atem. Catherine wurde mit Fragen bombardiert und beschrieb ausführlich ihre letzten Kreationen, die ein Bombenerfolg sein würden, wie sie sagte. Dann schwärmte sie vom japanischen Markt, der ganz scharf auf ihre neuen Unterhosen war.

»Ich lasse die Panty wieder aufleben! Es ist eine Herausforderung, aber ich glaube ganz fest daran. Meine sind so leicht, dass sie auch unter die engste

Hose passen. Ihr werdet sehen, es ist eine Revolution!«

Pierre fragte sich, was eine Panty war. Ob er es wusste oder nicht, war sowieso unwichtig. Alle schienen seine Anwesenheit vergessen zu haben, mit Ausnahme von Isabelle, die rechts neben ihm saß und pausenlos seine Weichteile begrapschte. Was sie ihm zuvor über ihre Eltern erzählt hatte, half ihm, der Unterhaltung in groben Zügen zu folgen. Zwanzig Jahre zuvor hatte Philippe Axilette ohne Begeisterung das Wäscheunternehmen seiner Eltern übernommen. Da er sich mehr für Motoren als für Spitze aus Calais interessierte, reichte er die Verantwortung sehr bald an seine Frau weiter, die nur darauf gewartet hatte. Catherine übernahm die Geschäfte mit der ihr eigenen Energie. Zuerst schnappte sie einem Konkurrenten zwei junge holländische Stylisten weg, die die Oma-Marke aus ihrem Dornröschenschlaf weckten. Ohne zu zögern, schaffte sie das Flatterhemd »Elizabeth Taylor« ab, ein großer Klassiker aus pastellfarbenem Nylon, aber, wie sie versicherte, eine Katastrophe für einstige Schönheiten, deren Knie so schlaff waren wie die Hängebacken englischer Doggen. Mit Unterstützung ihrer holländischen Stylisten kreierte sie erfolgreich eine innovative Serie von Schlafanzügen, die zugleich bequem und sexy waren. Als kluge Geschäftsfrau und mit von der Konkurrenz gefürchtetem Gespür brachte sie die Damenwäsche Axilette auf den internationalen Markt. In Zeiten der Krise beschränkte sie umsichtig ihren Ehrgeiz, ohne allzu viele Federn zu lassen. Sie war stolz darauf, dass sie niemals der Vulgarität nachgegeben hatte, der Achillesferse ihres Metiers, die viele ihrer Konkurrenten vernichtet hatte. Und schließlich hatte Catherine Axilette auch dem chinesischen Lockruf widerstanden und produzierte ihre Büstenhalter, Pyjamas und später Pantys in Europa. Isabelle behauptete, ihre Mutter könne auf eine Entfernung von hundert Metern und ohne jedes Zögern eine Körbchengröße B., ein Knopfloch *made in China* oder einen nahtlosen Slip erkennen. Philippe hatte sich stattdessen mit dreißig Jahren den Traum seines Lebens erfüllt und seine Gesellenprüfung als Automechaniker bestanden, auf die er sich mehr zugutehielt als auf seinen Master in Ökonomie.

Pierre hörte sich gern die tausend Anekdoten über Catherines blühendes Geschäft an, allerdings sorgte er sich erneut wegen des Kulturschocks Pettigrew/Réveillon, der ebenso unvermeidlich wie surreal war, falls die Hochzeit konkret werden sollte. Irène Réveillon trug vielleicht Unterwäsche von Axilette, aber es war sicher nicht ihre Art, darüber zu reden. Außerdem hatte das Gesellenzeugnis seines künftigen Schwiegervaters keine Chance, Doktor Réveillon, Spezialist für Harnwege und sonst nichts, zu interessieren. Ein wenig entmutigt konzentrierte sich Pierre auf seinen Teller und suchte in seinem Salat, woher der ungewohnte bittere Geschmack rührte. Isabelle knetete ihm weiter den Schritt, wie sollte er das bloß bis zum Nachtisch aushalten?

»Und, Bo-Bae«, fragte Philippe, »wie geht es unseren Hühnern?«

»Sehr gut«, sagte James. »Heute früh hat mich Bo-Bae in den Hühnerhof begleitet.«

»Bravo!«, rief Catherine im bewundernden Ton einer Kindergärtnerin.

Halblaut erklärte Isabelle Pierre, dass Bo-Bae, bevor sie hergekommen war, Geflügel ausschließlich im Fernsehen gesehen hatte. Der Hühnerhof versetzte sie in Panik, man musste sie überzeugen zu bleiben und ihr erklären, dass Hühner weltweit harmlos sind. Für ihre erste Mahlzeit bei den Pettigrews war James nichts Besseres eingefallen, als Pepita Lemon, eine schöne Poularde mit starkem Charakter, die die amerikanische Koreanerin am Vortag mit Entsetzen betrachtet hatte, als Opfergabe im Salzmantel zuzubereiten. Die erhoffte Wirkung ließ jedoch auf sich warten, und James und Henriette hatten Bo-Bae wochenlang mit Engelsgeduld die Sitten und Traditionen ihrer lauten Nachbarinnen erklärt. Schließlich hatte James das Kunststück vollbracht, sie in den Hühnerhof zu führen. Fortan trugen die jungen Legehennen als Würdigung von Bo-Baes Mut Vornamen mit asiatischem Klang. Das Huhn, das sie verputzt hatten, während sie über Pantys sprachen, hieß »Jung ran«.

»*Jung* übersetzt man mit Tugend«, sagte Bo-Bae sanft. »Und *ran* heißt Orchidee. Wir haben ›tugendhafte Orchidee‹ gegessen«, kicherte sie und hielt sich die Hand vor den Mund.

Alle schwiegen einen Moment, wie im Gedenken an die Verstorbene.

»Wollen wir den Kaffee nicht im Hühnerhof trinken?«, fragte James, gerötet von der erstaunlichen Menge Chinon, die er in einer knappen Stunde geschluckt hatte.

Der Vorschlag löste sogleich allgemeinen Beifall aus.

Henriette sorgte sich um ihren Pyjama, wurde aber von Catherine über die Geländegängigkeit des Gewandes beruhigt und folgte Suzanne in die Küche, um dort ein Tablett vorzubereiten.

»Wie geht es unseren koreanischen Hühnern?«, fragte Ludovic und schwang sich anmutig über den Zaun.

Er ging auf Zehenspitzen über den Hühnerhof und umarmte Henriette.

»Guten Tag, Maman.« Er trat einen Schritt zurück und betrachtete seine Mutter mit bewunderndem Lächeln. »Dieser Pyjama ist zauberhaft. Ich möchte auch so einen.«

An den Zaun gelehnt und von der erbarmungslosen Sonne verbrannt, schlürfte Pierre seinen Kaffee und beobachtete von weitem, wie sich Ludovic Pettigrew unter dem belustigten Blick seines italienischen Geliebten Umberto Beati an Henriettes Pyjama ergötzte. Die beiden führten seit fünfzehn Jahren eine romantische und bewegte Beziehung, die Isabelle faszinierte. Ludovic hatte große Ähnlichkeit mit Catherine. Die gleichen etwas vorstehenden Vorderzähne, die gleichen haselnussbraunen Augen und die gleiche tiefe Falte zwischen den Augenbrauen. Umberto Beati, mit venezianischer Seele, wie Isabelle behauptete, ohne zu erklären, worin sich diese ausdrücke, war ein sehr schöner Fünfzigjähriger mit rabenschwarzem Haar, das mit einer dicken Schicht von glänzendem Gel bestrichen war.

»Oh!«, rief Ludovic und atmete tief ein. »Dieser Geruch! Dieser Geruch! Das ist meine Madeleine, Umberto. Für dich ist es der Schlamm der Lagune, für mich sind es die Hühner!«

Ludovic lachte. Als er Pierre entdeckte, stürzte er mit ausgebreiteten Armen auf ihn zu und wich nur knapp einem aufgeschreckten Huhn aus.

»Pierre Réveillon! Der berühmte Pierre Réveillon!«, rief er und umarmte ihn lange. »Ich freue mich sehr, Sie kennenzulernen. Meine Isabelle!«, jubelte er, nachdem er Pierre freigegeben hatte. »Immer noch so schön, immer noch so leicht, immer noch so blass!«

Ludovic vollführte eine erstaunliche Schleuderpirouette, bevor er seinen Vater umarmte, der etwas abseits Bo-Bae nicht aus der engen Manndeckung entließ.

Eine gute Viertelstunde stand man zwischen den Hühnern herum. Dann brachten Umberto und Ludovic Liegestühle. James wettete, er werde seinen Liebling Bella Vista, ein prächtiges Sussexhuhn mit schwarzem Schwanz, dazu bringen, Kaffee zu trinken. Es wurden ein Paar Euro in einen Fressnapf geworfen, und James strich den Einsatz ein. Nachdem er das aufgescheuchte Huhn eine Weile verfolgt hatte, brachte er Bella Vista unter dem Jubel der durchweg etwas angetrunkenen und von der Bruthitze dieses sehr speziellen Monats August betäubten Familie Pettigrew tatsächlich dazu, ihren Schnabel in seine Tasse zu stecken.

2

»Sag mal, Isabelle, was war denn dieser leicht bittere Geschmack im Salat?«, fragte Pierre und öffnete das Schlafzimmerfenster.

Isabelle döste auf dem Bett, ihr Lilienweiß verschmolz mit dem des Lakens.

»Was für ein bitterer Geschmack?« Sie streckte ein Bein aus und betrachtete mit sichtbarer Zufriedenheit ihren Fuß. »Liebst du meine Füße?«, zitierte sie affektiert den albernen Satz von Brigitte Bardot.

»Ich liebe deine Füße und vor allem deinen Hintern, wenn's recht ist. Habt ihr Pferde?«

»Ja, einen alten Gaul, der seinen Lebensabend glücklich auf einer Weide hinter dem Haus verbringt. Warum?«

»Weil deine Mutter gerade einen Sattel aus dem Kofferraum ihres Wagens geholt hat.«

»Unmöglich. Sie ist seit zwanzig Jahren nicht mehr geritten. Und du kannst mir glauben, das war eine soziale Errungenschaft, auf die die Pferderasse noch heute stolz ist.«

»Hast du mir nicht erzählt, sie war ein Profi?«

»Ja, als sie zwanzig war und zwanzig Kilo weniger wog.« Isabelle seufzte. »Diese Sattelgeschichte beunruhigt mich.«

»Das ist wahrlich nicht das Einzige, was beunruhigend ist.«

»Was denn noch, Liebster?«

»Die Aufführung, Isabelle. Der Hühnerhof. Deine Mutter, deine Großeltern, die Pantys, die kleinen, grausamen Augen der Koreanerin, der Schlammgeschmack in allem, was wir essen. Und meine Eltern. Meine Eltern hier, das ist unvorstellbar. Begreifst du das nicht?«

»Nein«, sagte sie kühl. »Ich begreife es nicht, weil ich sie nicht kenne.«

Pierres Telefon klingelte in seiner Jacke, die auf dem Sofa lag. Er zog sich eine Unterhose an, bevor er ranging. Seine Mutter, die seit einem Monat in der Dordogne in einem wahnsinnig teuren Ferienhaus Urlaub machte, fragte, wie es ihm gehe. Sie wusste, dass es Isabelle gab, und ahnte, dass es etwas Ernstes war. Sie wusste auch, dass er einige Tage bei Isabelles Familie verbrachte. Ihr Stolz ließ sich sogar aus der Ferne mit Händen greifen. Irène zweifelte keine Sekunde, dass ihr älterer Sohn der ideale Schwiegersohn war, sorgte sich aber um einen möglichen sozialen Abstieg. Sie stellte Fragen, die Pierre nicht beantworten konnte, denn Isabelle ließ sich kein Wort entgehen. Irène wirkte etwas frustriert, schloss aber aus der Zurückhaltung ihres Sohnes, dass er nicht allein war, und schlug vor, ihn am nächsten Tag wieder anzurufen, in Ruhe, erklärte sie, bevor sie auflegte.

»Wenn du mit deiner Mutter telefonierst, verändert sich deine Stimme«, sagte Isabelle. »Man könnte denken, du sprichst mit einer Todkranken.«

»Mal den Teufel nicht an die Wand! Ich liebe meine Mutter sehr. Ich liebe meine Familie nämlich auch, sehr sogar!«

»Es kotzt dich an, hier zu sein, ja?«

»Es ist eine Herausforderung.«

»So schlimm? Du übertreibst.«

»Du begreifst das nicht.«

»Pierre, Familien sind wie Länder. Unsere ist nicht außergewöhnlich. Sie hat ihre eigene Politik, ihre Geschichte, ihre Rituale, ihre Maximen, ihre Jahrestage, ihre Stars, ihre großen Weisen und ihre Ästhetik. Mein Vater und Umberto haben ihre Sprache und Gewohnheiten angenommen. Kannst du das nicht?«

»Wie oft wirst du hierherkommen, wenn wir heiraten?«

»Komische Frage. Ich weiß ja nicht mal, was ich morgen mache. Auf jeden Fall brauche ich sie sehr.«

»Ist dir klar, dass sie ziemlich weltfremd sind?«

»Nur zusammen. Darf ich dich daran erinnern, dass meine Mutter ein großes Unternehmen leitet, mein Vater seine Tage mit Motoren zubringt, mein Onkel Augenarzt ist und mein Großvater sein Leben lang Versicherungen verkauft hat, bevor er in den wohlverdienten Ruhestand gegangen ist? Meistens leben sie mitten in der Welt.«

»Es kommt einem nicht so vor.«

»Hätten wir über Politik reden sollen?«

»Nicht unbedingt. A propos, ich habe weder Fernseher noch Computer im Haus gesehen.«

»Weil es die nicht gibt.«

»Und ich habe noch kein Handy klingeln hören.«

»Wenn wir hier sind, vermeiden wir es. Suzanne behauptet, dass die Strahlung der Telefone sie krank macht. Niemand möchte, dass sie sich in Aluminiumfolie gewickelt in die Dachstube verzieht.«

»Sieh mal, deine Mutter führt ein Pferd durch den Garten.«

Isabelle sprang auf und rannte zum Fenster.

»Maman, was machst du da?«, brüllte sie entsetzt.

»Liebling, du bist ja ganz nackt!«

»Lass den armen Hermann in Ruhe! Du willst doch wohl nicht auf ihm reiten?«

»Oh doch, stell dir vor. Aber ich muss ihn darauf vorbereiten«, säuselte Catherine und tätschelte das Hinterteil des alten Rosses. »Ich glaube, dein Großvater wünscht sich, dass Pierre runterkommt. Ist er vorzeigbar?«

Isabelle schloss das Fenster.

»Armes Tier«, seufzte sie.

Pierre fiel auf, dass sich Isabelle mehr um das Pferd als um ihre Mutter sorgte, und beneidete die Tiere um die privilegierte Stellung, die sie bei den Pettigrews offenbar einnahmen. Plötzlich packte ihn eine diffuse Angst. Warum wollte James ihn sehen? Und warum sollte er dieses kühle Zimmer verlassen, ein ruhiges Eiland mit der nackten Isabelle als sinnliche Tahitianerin? Er zog sich widerwillig an und ließ sie ihre Zehen zählen, während sie die fünfzehnte Zigarette des Tages rauchte.

Philippe lenkte James' getunten Mini Cabrio wie einen Rennwagen im Zickzack die Weinstraße entlang. Pierre presste sich in die Rückbank und lauschte James, der auf dem Beifahrersitz saß und ihm beschrieb, was draußen an ihnen vorübersauste.

»Das gehörte alles den Eltern von Henriette und Suzanne«, schrie er und zeigte mit dem Finger auf die Weinberge.

»Ein Rachenputzer!«, unterbrach ihn Philippe und schnitt geschickt die nächste Kurve. »Daraus würde ich nicht mal Essig machen!«

James lachte schallend und schlug mit der Hand auf eine weiße Haarsträhne, die der Wind auf seinem Scheitel aufgerichtet hatte.

»Das darfst du ihnen niemals sagen! Die würden dich umbringen!«

»Auf jeden Fall haben die Töchter sobald wie möglich das Weite gesucht«, erzählte Philippe und verrenkte sich den Hals, um Pierre anzuschauen. »Hatten beide nicht die Absicht, bei den Eltern zu versauern. Suzanne ging mit ihrem Seemann davon und Henriette verdrückte sich mit dem schönen James nach England.«

»Wie haben Sie sich eigentlich kennengelernt?«, fragte Pierre angespannt. Ihm war übel.

Während er der Unterhaltung folgte, versuchte er die schrecklichen, von Kampagnen gegen Alkohol am Steuer inspirierten Szenen vor seinem inneren Auge zu verdrängen.

»Ich arbeitete für einen Londoner Weinhändler«, antwortete James. »Eines schönen Tages landete ich bei den Billoteaus. Das war 1952. Sie hätten die Billoteau-Mädchen sehen müssen, sie waren jeden Umweg wert. Henriette war zwanzig, Suzanne neunzehn. Henriette ähnelte Virginia Woolf. Sie hatte so etwas unwiderstehlich Anämisches, wie Ophelia, bleich in ihrem nassen Grab, begreifen Sie?«

Pierre begriff nicht, nickte aber, während er auf die Straße starrte, die sich zwischen den Weingütern schlängelte.

»Ich habe nicht lange überlegt«, sagte James. »Sechs Monate später waren wir verheiratet.«

Er lachte, als hätte er einen alten Witz erzählt, den er nach fünfzig Jahren immer noch lustig fand.

Sie fuhren durch einige Geisterdörfer und hielten vor einem großen Tor, das mit einem schmiedeeisernen Weintraubenfries verziert war.

Pierre packte eine schreckliche Vorahnung, die sich bestätigte, als sie in den Hof eines prächtigen Gebäudes bis zur Tür eines Seitenflügels fuhren. Der Eingang war von Fässern gesäumt, auf denen Weingläser und Flaschen standen.

Sie betraten einen dunklen, kühlen Raum, wo sie

von einer eleganten Frau begrüßt wurden, die ein bemerkenswert hautenges Sommerkleid trug, das mit Wiesenblumen übersät war. Pierre kam es so vor, als würde ihre Gastgeberin von einer unsichtbaren Feder aufgezogen, als ihr Blick den von Philippe traf.

Während sie sich nach den Pettigrews erkundigte, stellte die Winzerin vier Gläser und drei Flaschen auf den Tisch, die sie gekonnt entkorkte. Pierre war verzweifelt. Er dachte an die Rückfahrt mit 2,5 Promille im Blut und Philippe Axilette, der sich für Schumacher hielt, am Steuer. Loslassen ist die einzige Rettung in dem Albtraum, den ich seit gestern erlebe, dachte er und fühlte sich plötzlich ganz kraftlos. Der grünlich schimmernde Likörwein, den ihm die Winzerin einschenkte, entzog sich den Gesetzen der Schwerkraft und stieg ihm direkt ins Gehirn, anstatt brav hinunter in seinen Magen zu rinnen. Da er weder eine Topfpflanze noch irgendeine unauffällige Ecke entdeckte, um das Gift loszuwerden, schluckte er es wie Medizin.

»Clos Casquin 2010«, informierte sie die Gastgeberin und schenkte ihnen ein zweites Glas ein.

Pierre hätte auch nein sagen können, aber das wäre ebenso misslich, wie die Hostie am Ende der Messe abzulehnen. Der Wein des zweiten Jahrgangs hatte die Farbe von goldenem Stroh und ölige Streifen.

»Dieser ist fruchtiger«, urteilte Philippe mit geschlossenen Augen.

James gab seltsame Geräusche von sich.

»Aprikose? Schlehe?«, fragte er verträumt.

»Auf jeden Fall Früchte aus dem Obstgarten«, bestätigte Philippe. »Langer Abgang, lebhaft. Zweifellos mit Charakter.«

Nach einem energischen Gurgeln zogen beide Männer seltsame Grimassen.

»Ja. Und eine sehr schöne Farbe«, verkündete James und drehte sein Glas unter dem Licht.

Noch waren nicht alle Messen gesungen. Die Gastgeberin füllte erneut die Gläser und richtete die Flasche mit einer knappen Bewegung des Handgelenkes auf, ohne auch nur einen Tropfen des kostbaren Inhalts zu verlieren. Die Verkostung vollzog sich langsam und in vollkommener Stille.

Als James und Philippe ihre Gläser auf den Tisch stellten, sahen sie sich verständnisinnig an.

»Was für ein Jahrgang!«, rief James gerührt.

Alle Sorgen hatten Pierre verlassen, er fühlte sich sehr wohl. Während er seinen wunderbaren Messwein schlürfte, starrte er auf die weißen Margeriten, die auf dem mütterlichen Busen der Winzerin wogten. Ein paar Minuten später belud Philippe den Mini mit zehn Kisten Wein, dann drückte er Pierre drei Korkenzieher mit Griffen aus Rebenholz und eine Handvoll Stifte in die Hand, die mit dem Wappen der Domäne beschriftet waren.

Philippe und James wollten noch zwei Keller besuchen. Pierre gab sich geschlagen, lehnte den Kopf an einen Sechserkarton neben sich auf der Rückbank und machte einen langen Mittagsschlaf.

Catherine zählte ihre Schritte. Sie hatte gerade die erste Stufe hinter sich gelassen, die des Amateursportlers, der mit tränenden Augen in der Tiefe seiner brennenden Lungen den letzten Rest Sauerstoff zum Überleben sucht. Seit sie regelmäßig im Bois de Boulogne oder zwischen den Weingütern lief, hatte sie entdeckt, dass es so etwas wie einen Reserveatem gab. Die Hitze des Nachmittags hatte nachgelassen, das Laufen machte ihr Spaß. Nur die kleine Schweißpfütze, die sich über dem BH-Gummi zwischen ihren Brüsten sammelte, war unangenehm. Das erinnerte sie an ihr neues, aufregendes Projekt eines Wäschesortiments für sportliche und elegante Frauen. Vor ihrer Abreise hatte Catherine die beiden Holländer über den Doppelerfolg von Luxusspitze und Spitzentechnologie gebrieft und wartete ungeduldig auf die Prototypen, die sie ihr für die Herbstsaison versprochen hatten.

Ludovic schwächelte und hechelte, ganz auf seinen Laufrhythmus konzentriert. Er ist nicht mehr so fit wie vor einer halben Stunde, dachte Catherine, die ihn völlig vergessen hatte.

»Ich habe Seitenstiche«, stöhnte er und drückte auf seinen Bauch. »Können wir ein Stück gehen? Ich muss mit dir noch über etwas Wichtiges reden.«

Widerwillig passte sich Catherine dem Tempo ihres Bruders an.

»Wenn du willst«, sagte sie und hüpfte auf der Stelle.

»Ich habe Umberto überredet, mit mir zum Paartherapeuten zu gehen.«

»Habt Ihr Sexprobleme?«

»Ja und nein. Umberto betrügt mich mit einem ägyptischen Dichter. Was soll ich machen, er kann den Künstlern nicht widerstehen.«

Ludovic seufzte mit düsterer Miene und betrachtete die Weinberge, als wären es Friedhöfe. Dann entdeckte er einen Strauch voller Brombeeren, kletterte eine kleine Böschung hinauf und pflückte eine Handvoll, die er mit der Gier eines Verhungernden verschlang.

»Eine Laune, das vergeht wieder«, sagte Catherine. »Ihr Schwulen nehmt es doch eh nicht so ernst mit der Treue.«

Ludovic warf ihr einen vernichtenden Blick zu. Er ertrug es nicht, wenn man die Schwulen als Kaste abstempelte, auch wenn seine Schwester in diesem speziellen Fall nicht ganz unrecht hatte.

»Das Leben mit einem Augenarzt ist halt nicht sehr prickelnd«, sagte er bitter.

Catherine nahm sich Zeit zu überlegen, was sie antworten sollte, denn Ludovics Beruf war ein heikles Thema. Sie hatte nie verstanden, warum ihr Bruder mit achtzehn Jahren beschlossen hatte, in die medizinische Fakultät einzutreten wie in einen geistlichen Orden und ein endloses Studium zu absolvieren, nur um in einer fensterlosen Praxis im XV. Arrondissement zu landen und von morgens bis abends in Augen zu starren.

»Du bist ein verhinderter Künstler. Das sind alle Pettigrews. Das weiß Umberto ganz genau.«

Ludovic winkte ab.

»Von wegen! Diesem Mahmoud Darwich für Arme, der ihm als Scheherazade verkleidet den Rücken krault, kann ich nicht das Wasser reichen.«

»Kennst du ihn?«

»Wir haben ihn gemeinsam bei einem Abendessen kennengelernt. Er ist umwerfend schön.«

»Eine *Ménage à trois* kommt nicht infrage?«

»Nein! Catherine!«, regte sich Ludovic auf. »Wofür hältst du uns?«

»Und was sagt der Therapeut?«

»Er ist schwul.«

»Na und?«

»Er verharmlost.«

»Mmm«, brummte Catherine, die sich nur begrenzt für Ludovics Herzensprobleme interessierte. Sie spürte vor allem, dass das Adrenalin ihres Reserveatems ebenso verpuffte wie ihre Hoffnung, ein paar Kilo zu verlieren.

»Warte mal ab«, riet sie ihm und fing wieder an zu laufen. »Umberto ist verrückt nach dir. Was hältst du eigentlich von Pierre Réveillon?«

Ludovic holte sie mit Mühe ein. Er hatte keine Lust mehr zu rennen. Sein Magen war schwer von dreißig brodelnden Brombeeren, er wollte nur noch im Schatten eines Baumes liegen und schlafen.

»Ich bin skeptisch. Er erinnert mich an den Typen, mit dem du gleich nach dem Abi was hattest, Paul Irgendwas, weißt du noch?«

»Paul Angéliaume?« Catherine lachte abfällig. »Du übertreibst. Suzanne hatte ihm wegen seiner Badeslips den Beinamen Erotissimo verpasst. Das kann man von Pierre Réveillon nicht behaupten. Der arme Junge ist etwas verklemmt. Weißt du, dass er beim Essen die ganze Zeit in seinem Teller gesucht hat? Erst unter den Salatblättern, dann unter dem Schenkel der Poularde Jung Ran.«

»Man sollte es ihm vielleicht verraten. Ihm nichts zu sagen, ist hundsgemein, oder?«

»Vergiss es. Dann isst er gar nichts mehr, und das wäre auch wieder bescheuert.«

Nachdem sie an der Weide des alten Hermann vorbei waren, sahen sie unter sich das Haus.

»Du weißt, wie sehr ich Isabelle liebe«, sagte Ludovic, »aber du wirst zugeben, dass es Kamikaze ist, diese Verrückte zu heiraten.«

»Ludovic, ich bitte dich, deine Nichte ist nicht verrückt. Sie sucht sich, und sie wird sich finden. ›Isabelle Réveillon‹, klingt doch schön, oder? ›Darf ich Ihnen meine Tochter vorstellen? Isabelle Réveillon.‹ Das ist ein Prinzessinnenname, er glänzt geradezu.«

Catherine ließ Ludovic stehen und schoss wie eine Rakete los, ihr praller Hintern im schillernden Jogginganzug entging dem glasigen Blick der Kühe, die im Stehen vor sich hindösten.

Nachdem Pierre zur Rundreise durch die Weinkeller aufgebrochen war, ging Isabelle die zwei Treppen zum Boden hinauf und schloss sich dort ein. In dem langgezogenen Raum, der unter dem verbeulten Dach eher an ein umgekipptes Fischerboot erinnerte, herrschte eine unerträgliche Hitze. Seit ihrem letzten Besuch bei den Großeltern hatte sich nichts verändert, und sie fand mühelos die drei Kisten wieder, die sie beiseitegestellt hatte. Zu Henriettes Geburtstag plante sie ein großes Ding. Die Erinnerung an ihre groteske Imitation der Tänzerin Loïe Fuller im letzten Sommer schmerzte immer noch. Ihre Darbietung war nicht darauf angelegt gewesen, die Gesellschaft zu belustigen, hatte jedoch für große Heiterkeit gesorgt. Nachdem sie die Nacht davor unklugerweise mit einem Verflossenen aus der Gegend durchgemacht hatte, verfing sie sich in ihren Schleiern und landete schließlich unter dem Spott und Gelächter aller Generationen von Pettigrews wie eine moderne Mumie eingewickelt auf dem Boden. Wild entschlossen, diese jämmerliche Choreographie in Vergessenheit geraten zu lassen, bereitete sie für dieses Jahr eine unvergessliche Inszenierung vor. Wie ein Eichhörnchen für den Winter Vorräte anhäuft, hatte sie heimlich alle Familienfotos und -filme zusammengetragen, die im Haus herumlagen. Sie hatte in den Schubladen gewühlt und aufschlussreiche Notizhefte von Catherine und Ludovic, Kinderzeichnungen, Schulaufsätze, Klassenfotos, Automatenbilder und verblichene Polaroids gefunden, alles in allem mehr als fünfzig Jahre Pettigrew. Sie hatte eine Riesenarbeit geleistet und ein Archiv oft undatierter Fundstücke zusammengetragen, die sie mit akribischer Sorgfalt geordnet hatte. Am Tag X wollte sie dem Publikum auf großer Leinwand eine phantastische Montage dieser vergessenen Schätze präsentieren.

Aus all den geduldig vom Staub befreiten Reliquien sprachen eine Lebenslust und eine Phantasie, die ihre Nachforschungen zu einer reinen Freude machten. Isabelle hatte in den Wandschränken keine Leichen gefunden, und die Stück für Stück gefüllten Lücken der Familiengeschichte hatten kein dunkles Geheimnis enthüllt. Hinter den Posen und dem Lächeln spürte sie allerdings einen unbändigen Willen, das eigene Leben zu verdienen, und den Drang, die Toten in diskrete und harmlose Gespenster zu verwandeln. Wunden wurden durch Beschleunigung und Kursänderung geheilt, Probleme lösten sich in allgemeiner Belustigung auf. Das Familiengedächtnis war immer vor der Gegenwart zurückgetreten, vor dem jungfräulichen Blatt, das jeden Tag mit spannenden Plänen zu füllen war. Sie holte ihre kostbare Beute aus den Kartons, stellte die Leinwand auf, schaltete ihren Laptop ein und schob eine CD hinein. Die Tonspur war noch nicht synchron, sie setzte die Kopfhörer auf und machte sich ans Werk.

So ein langfristiges Vorhaben war für Isabelle, die in ihrem jungen Leben noch nichts Größeres zustande gebracht hatte, ein Novum. Catherine hatte zwar versucht, ihre Jüngste für die wunderbare Welt der Unterwäsche zu gewinnen, aber Isabelle hatte das Angebot zurückgewiesen, ihr allerdings zu verstehen gegeben, dass ihre Ablehnung womöglich nicht endgültig sei. Mit dreißig Jahren hatte sie ihren

Weg noch nicht gefunden, Nachtklubs und Partys gaben dem Alltag der jungen, hippen Pariserin den Rhythmus. Immer war sie von Freunden umgeben, die sie in den Ferien in gemietete Villen mitnahmen, es gab leerstehende Wohnungen und schnell zu verdienendes Geld als Model für Fotografen auf der Suche nach einer Muse. Isabelle gefiel. Ihre eigenartige Schönheit war eine willkommene Alternative zur neutralen Maske der ukrainischen Bleichgesichter, die niemand je hatte lächeln sehen. Mit dem eckigen Gesicht, das den Stempel der Pettigrews trug, der androgynen Erscheinung und dem dunklen Wuschelkopf galt sie in ihren Kreisen als Ikone. Wenn man sie auf der Straße traf, konnte man, um ganz ehrlich zu sein, denken, dass sie nicht die Schlaueste war. Ihr großer, immer leicht geöffneter Mund verlieh ihr ein etwas einfältiges Aussehen, und die riesigen Augen verstärkten den Eindruck eines modernen Kretinismus. Man wurde schnell eines Besseren belehrt, denn Henriettes Enkelin hatte durchaus was auf dem Kasten. Das musste auch Pierre Réveillon schmerzhaft erfahren. Er hatte sich abgestrampelt, um zum offiziellen Freund dieser kleinen wirbelnden und umworbenen Person mit den hellblauen Augen und dem Karpfengesicht erwählt zu werden, die brennend an ihrer Unabhängigkeit hing, die darin bestand, bis zum frühen Nachmittag zu schlafen, keine Einzelheit ihres chaotischen Tagesablaufs preiszugeben und zum absoluten Versagen ihres kritischen Geistes zu stehen, sobald es um ihre Familie ging.

Zwischen den aussortierten Bildern, die am Boden eines Kartons lagen, sprang ihr ein Foto ihrer Schwester Barbara ins Auge. Auf der Großaufnahme vom Tage ihrer Hochzeit war ihr seltsam wächsernes Gesicht wie ein Gugelhupf mit Puderzucker in einen gesprenkelten Schleier gehüllt. Isabelle dachte an ihre mögliche eigene Hochzeit und sah sich in weißem Kleid an Pierres Arm in einem Regen von Reis aus dem Rathaus kommen. Natürlich liebte sie ihn. Aber sie liebte schon so viel woanders, dass es fast unmöglich war, ihm seinen Anteil zu gewähren. Wie lange würde Pierre die Allgegenwart der Pettigrews in ihrem Leben ertragen? Das war ein entscheidender Punkt, denn da war nichts zu machen: Isabelle trug die Unterwäsche ihrer Mutter, fuhr mit den Sammlerstücken ihres Vaters zu ihrer Schwester oder ihren Großeltern, betrank sich mit ihrem Bruder Frédéric und begleitete ihre Onkel in die Oper oder in Sternerestaurants, wo sie mit größtem Ernst die Eheberaterin spielte. Umberto hatte ihr Italien gezeigt. Sie half aus, hütete ihre Neffen, war die ebenso geheimnisvolle wie stets verfügbare kleine Fee. »Lass uns Gewohnheiten annehmen«, hatte Pierre wenige Tage zuvor etwas leichtfertig gesagt. Das Wort »Gewohnheiten« hatte Isabelle nicht so sehr erschreckt, wie das »uns«, das wie ein Bruch mit ihrer Vergangenheit klang.

Eine Hand auf ihrer Schulter holte sie aus ihrer Zwickmühle. Ludovic hatte ihren Neffen Benjamin hochgeschickt, der ihr mitteilte, dass sie im ersten Stock erwartet werde.

Isabelle klopfte an die Zimmertür von Ludovic und Umberto. Ein täuschend echter Eulenschrei sagte ihr, dass sie eintreten durfte. Barbara, Guillaume, Suzanne und Noémie drängten sich auf dem Bett und schienen gerade aus einem unverständlichen Traum aufzutauchen. Isabelle schob sich zwischen ihre Schwester, die sie küsste, und Suzanne, die tatsächlich schlummerte.

Ludovic und Umberto missachteten Henriettes Dogma der Geheimhaltung und improvisierten eine Generalprobe in Kostümen. Ludovic trug ein hautenges Hemd mit rundem Kragen, einen Faltenrock mit einer Spitzenborte in Kniehöhe und schwarze Lackschuhe zu einer weißen Strumpfhose. Sein Gesicht unter einer blonden Perücke mit geblümtem Stirnband strahlte arglos wie das eines Teenagers. Umbertos Oberkörper und seine Beine waren hinter einem Schild in Form einer Spielkarte versteckt, die eine Herzdame darstellte. Er trug Schnabelschuhe, eine fladenweiche Baskenmütze und eine Lanze, die aussah wie eine Gardinenstange.

»Isabelle, du kommst zu spät!«, sagte Ludovic ärgerlich. »Die Vorstellung ist beendet. Wir packen gerade ein.«

Umberto erklärte ihr, dass sie sich eine Liebesgeschichte zwischen Alice und einem Lanzenträger der Herzdame ausgedacht hatten.

»Das ist miserabel«, brüllte Ludovic plötzlich und riss sich übellaunig die Perücke vom Kopf.

Auf dem Bett erzählten Barbaras Kinder Benjamin

und Noémie ihre Version von *Alice im Wunderland*, das sie auswendig kannten. Noémie präsentierte ihre sehr persönliche Interpretation des Romans und versuchte gleichzeitig, ihrem Onkel durch die Strumpfhose hindurch Haare aus den Waden zu zupfen. Man ließ sie reden, ohne sie zu unterbrechen, denn bei den Pettigrews war es üblich, Kindern zuzuhören. Dieses Prinzip wurde nie infrage gestellt, auch wenn die wenig strukturierten Berichte mit zahlreichen Verzweigungen manchmal in geistige Folter oder die Reden eines kubanischen Diktators ausarteten. Über die Persönlichkeit der Suppenschildkröte hatte Benjamin eine andere Theorie als seine Schwester. Die endlose Debatte schläferte die Umliegenden endgültig ein.

Kurz darauf suchte Pierre, der von seiner Tour durch die Weinkeller zurück war, nach Isabelle. Er entdeckte sie in der ersten Etage unter einem fröhlich zappelnden Berg von Pettigrews. In der Mitte des Betts fochten zwei Kinder von acht und zwölf Jahren mit Gardinenstangen.

»Verhässlichung und Spott!«, rief der Junge.

»Eidechse, Rabatz und Ölgürtel!«, antwortete das Mädchen ebenso laut.

Pierre hatte während des Abendessens mit Guillaume geplaudert, der neben ihm saß. Er mochte Zwiegespräche, sie waren erholsam und entsprachen seinem Charakter. Außerdem war er sehr neugierig, die Meinung eines anderen Angeheirateten zu hören, der jünger als Philippe und vielleicht weniger infiziert war. Isabelles Schwager war Tierpräparator und hatte nichts von einem Pettigrew. Er sprach bedächtig, brüllte nur in der Nähe von Suzanne und hatte eine frappierende Ähnlichkeit mit Jesus Christus. Wie Jesus hatte Guillaume rötlich-blondes ungekämmtes Haar, eine spitze, knochige Nase und die schmalen Nasenflügel eines Märtyrers. Er strahlte eine unerschütterliche Ruhe aus. Eine Aura, so dicht wie ein Doppelfenster, schien ihn vor den Verrückten und dem Lärm zu schützen, den seine Anwesenheit wie durch ein Wunder spürbar dämpfte.

Guillaume Hiver hatte seit zehn Jahren ein Geschäft für Tierpräparation im Stadtzentrum von Angers. Er arbeitete auf Bestellung und verkaufte seine ausgestopften Tiere auch im Internet. Mit monotoner, geradezu unpersönlicher Stimme erzählte er Pierre, dass sein Geschäft oft als Ableger des Museums für Naturwissenschaften angesehen werde. Eltern brachten ihre Kinder am Mittwochnachmittag zu ihm, manchmal kauften sie etwas, aber es kam auch vor, dass sie ihn beschimpften. Dann erklärte er den Leuten, wie er arbeitete und wie er zu den Tieren kam. In jüngster Zeit profitierte er von der wiedererweckten Mode des Kuriositätenkabinetts. Besonders gut verkauften sich Käfer und Schmetterlinge, die in Schaukästen aufgespießt waren. Seit einigen Wochen kümmerte er sich für einen Pariser Sammler um einen Pfau, ein wunderbares Stück.

Gegen Ende der Mahlzeit hörte Guillaume nur noch mit halbem Ohr auf die Fragen seines Nachbarn. Während er antwortete, versuchte er zuzuhören, was Barbara sagte, die ihnen gegenübersaß. Pierre ließ ihn in Ruhe und beobachtete seine potenzielle Schwägerin. Isabelle hatte ihm von ihrer Schwester ein übertriebenes Bild skizziert, das sich *in situ* als weit untertrieben herausstellte. Barbara Hiver, eine beunruhigende Maria-Magdalena, strahlte. Ihr Oberkörper war ein langer Stängel mit einem Stecknadelkopf, ihr Gesicht glich der Zeichnung eines begabten Kindes, das sich vorgenommen hat, seine Lieblingspuppe aufs Papier zu bringen. Sie hatte die gleichen hellen Augen wie Isabelle ohne deren Kuhausdruck, hohe Wangenknochen und einen winzigen Spatzenmund. Ihre zum straffen Pferdeschwanz gebundenen roten Haare verliehen ihr etwas Slawisches, das in den Zügen der restlichen Pettigrews fehlte. Barbaras Erscheinung verstörte wie etwas Widersinniges, eine unlogische Mischung, reizte das Verlangen zu verstehen, wie und warum verschiedenartige Elemente am Ende zu einem Ganzen führten. Sie war der Star des Abendessens und beantwortete lächelnd einen Haufen neugieriger Fragen. Zwei Jahre zuvor hatte sie ihren ersten Roman veröffentlicht, der von der Kritik, den Buchhändlern und den Lesern gut aufgenommen wurde, ein dreifacher Erfolg, der die Pettigrews in hysterische Begeisterung versetzt hatte.

»Am Strand verstecken die Frauen neuerdings wieder ihre Brüste, aber Bestseller lesen sie immer noch!«, meinte Umberto mit seinem charmanten italienischen Akzent.

»Ich hoffe nicht, dass du uns einen Bestseller ins Nest legst«, schimpfte Ludovic aufgebracht. »Denk an unsern Ruf, Barbara. Ich will den Leuten noch in die Augen sehen können.«

»Wovon handelt dein neuer Roman?«, fragte Henriette, die im Kerzenlicht mit ihrer großen Brille einer Schleiereule glich.

»Von Sex!«, verkündete Barbara genüsslich.

»Toll!«, freute sich James. »Das ist ein echtes Thema!«

»Ist er autobiographisch?«, schnurrte Isabelle und stieß Pierre unter dem Tisch mit dem Fuß an.

»Die Literatur ist nicht immer ein Spiegel des Lebens«, verkündete Ludovic in scharfem Ton.

»Und warum nicht?«, fragte Suzanne.

»Weil es in der Fiktion Wirkungen ohne Ursache gibt. Man ist zu nichts verpflichtet.«

»Interessant, interessant«, sagte James nachdenklich.

»Um Bücher zu lieben, muss man Spieler sein«, fügte Ludovic hinzu.

»Ich bin nicht sicher, ob die Menschen noch Lust haben zu spielen«, warf Umberto ein. »Sie sind in den letzten Jahrzehnten sehr erwachsen geworden, findet ihr nicht?«

»Ich hatte seit dem Erscheinen keinen Blick mehr in *Sonja* geworfen«, erzählte Barbara. »Ich war entsetzt, Sätze zu lesen, die ich nie hätte durchgehen lassen dürfen. Jetzt ist es zu spät.«

»Ach ja!«, scherzte Umberto. »Die schreckliche

Reue des Künstlers, der nichts mehr korrigieren kann.«

»Eins habe ich jedenfalls begriffen«, sagte Barbara plötzlich ganz ernst. »Veröffentlicht werden heißt das Gesicht verlieren.«

Pierre, der zum Abend hin nüchtern geworden war, betrank sich erneut, ohne es zu merken. Die Zeit ließ sich Zeit. Er fühlte sich entspannt und liebte die Menschheit. Eigentlich war es gar nicht so schwierig, mit den Pettigrews zu leben. Wenn man sich erst einmal an die Lautstärke gewöhnt hatte, konnte man auf den Zufall vertrauen, sich sagen, dass alles möglich sei, sich über nichts wundern und sich treiben lassen. Man konnte reden, schweigen, träumen. Niemand nahm es einem übel. Es wurde einem nichts abverlangt, und das war sehr erholsam. Er vergaß nicht, dass er auf einem Schleudersitz saß, aber er war zuversichtlich.

»Und du, Ludovic, kommst du voran mit deiner Anthologie?«, fragte Philippe.

Henriette sprang auf, schnappte sich die Gratinschüssel und flitzte in die Küche, Suzanne blieb an ihrer Seite wie ein Adjutant. Die beiden Frauen ergriffen die Flucht, das war offensichtlich. Die anderen starrten Ludovic mit dem gleichen erstarrten Grinsen an.

»Es geht voran. Ich habe Perlen gefunden. Ich werde euch meine letzten Entdeckungen vorlesen.«

Hier und da schwand das Lächeln.

»Und Sie, Pierre, was lesen Sie gerade?«, stammelte Catherine, die ihrem Bruder dringend das Wort entreißen wollte.

Pierre merkte, dass ihn alle am Tisch mit dem Ernst einer olympischen Jury beobachteten, die auf den dreifachen Rückwärtssalto wartet.

»Eine Biographie von Édouard Balladur.«

Es gab eine Pause.

»Wer ist denn Édouard Balladur?«, fragte Suzanne, die aus der Küche zurückkam.

»Weißt du nicht mehr?«, brüllte ihr James ins Ohr. »Dieser Politiker, von den Konservativen, glaube ich, der aussieht wie ein reicher italienischer Bischof.«

»Kann sein«, sagte Suzanne verlegen.

Etwas unbehaglich erzählte Pierre die ziemlich öde Biographie, die er aus beruflichen Gründen und ohne jede Freude gelesen hatte. Niemand hörte ihm zu. Isabelle sah ihn etwas geniert an, die anderen hatten sich ohne Rücksicht abgewandt. Guillaume drehte ihm den Rücken zu und redete mit Ludovic über Konjunktivitis. Philippe und Catherine Axilette taten, als wären sie vom Johannistrieb gepackt, sie knutschten, ohne sich um die anderen zu kümmern, und klapperten mit den Augenlidern wie Micky und Minnie. Pierre war entmutigt. Das Wohlbehagen, das er zu Beginn des Essens verspürt hatte, war nur noch eine ferne Erinnerung.

»Bo-Bae kann heute Abend nicht bei uns sein, aber sie hat uns ein Dessert gebracht, bevor sie weggefahren ist.«

Henriette stellte einen Teller in die Mitte des Tisches, auf dem etwas lag, das wie ein wiesengrüner Kuhfladen aussah. Der dicke weiche Kuchen war kunstvoll mit echten, sicher in der Nähe des Hühnerhofs gepflückten Blumen verziert.

»Ich habe den Namen vergessen«, sagte Henriette. »Auf Französisch ist es ein Crêpe mit grünem Tee.«

»Das wird sicher ein Genuss«, bemerkte James und rieb sich die Hände.

In diesem Augenblick kamen Noémie und Benjamin angerannt.

»Papa, guck mal, was wir gefunden haben!«

Benjamin legte seinem Vater einen krepierten Frosch auf den Teller, dessen Farbe der von Bo-Baes Nachtisch ähnelte.

»War er tot?«, fragte Barbara.

»Ja«, sagte Benjamin.

»Nein«, widersprach Noémie. »Aber er war auch nicht mehr sehr fit. Wir haben nur etwas nachgeholfen.«

Auf Pierre machten die Kinder den Eindruck aufgeweckter Quälgeister, aus denen, wie er irgendwo gelesen hatte, entweder Serienkiller oder große Künstler werden.

»Wir legen ihn in mein Zimmer«, sagte Noémie. »Neben den Raben.«

Benjamin wollte den Kuhfladen kosten. Als er hörte, dass es ein koreanisches Dessert sei, erzählte er, dass er die Studentin mit einem Mann im Auto hatte wegfahren sehen. James verkostete mit gesenktem Kopf langsam sein Stück Fladen, als erzählte es ihm leise eine Geschichte, die ein schlechtes Ende fand.

Plötzlich übertönte ohrenbetäubender Lärm alle Gespräche. Pierre erstarrte bei dem Science-Fiction-Sound, den außer ihm niemand zu bemerken schien.

»Was ist das für ein Krach?«, fragte er.

»Die Frösche«, antwortete Catherine. »Der Teich hinter der Weide des alten Hermann ist voll davon. Es ist unglaublich. Sie fangen gleichzeitig an zu quaken und hören gleichzeitig mit einem Schlag auf.«

»Heute Abend suchen sie vielleicht jemanden«, flüsterte Ludovic und schielte zu dem kleinen Laubfrosch mit zersprungenem Schädel auf Guillaumes Teller.

Pierre war fix und fertig. Er lag mit ausgebreiteten Armen auf dem zerwühlten Bett und atmete schwer. Isabelle hatte außergewöhnliche sexuelle Erwartungen, die auch mit der Zeit nicht nachließen. In den letzten sechs Monaten hatten sie eine beträchtliche Anzahl von Stellungen und Hilfsmitteln ausprobiert, von deren Existenz er bislang nichts geahnt hatte und die ihn am Anfang abstießen. Sie kaufte im Internet unglaubliche und immer raffiniertere Gerätschaften. Nach dem Liebesspiel, bei dem er sich trotz der im Laufe des Tages zu sich genommenen Alkoholmenge tapfer geschlagen hatte, entdeckte er auf dem Monitor ein neues Spielzeug, das sie anzuschaffen dachte. Ferngesteuerte Geisha-Kugeln, die er über sein Telefon vibrieren lassen könnte. Sie fand den Einfall großartig.

»Ich gehe irgendwo auf der Straße spazieren, und du kannst mich von deinem Büro aus oder während eines Geschäftsessens aus der Ferne erregen.«

Pierre begriff nicht sofort, dass sie vorhatte, mit eingeschalteten Geisha-Kugeln unter ihrem Axilette-Höschen herumzuspazieren. Die Dinger kosteten ein Vermögen, und er entnahm Isabelles vagen Andeutungen, dass sie es für angemessen hielte, wenn er sie bezahlte.

Nach dem Online-Einkauf verkündete sie, sie habe keine Kippen mehr, und verließ in Slip und Büstenhalter das Zimmer, um bei Umberto zu schnorren. Pierre sah auf die Uhr und stellte fest, dass die Kinder um Viertel vor eins noch auf der Treppe rumrannten, während Catherine und James angeregt im Garten plauderten.

Er legte sich hin und dachte an das Gespräch zurück, das er vor dem Abendessen mit seiner Mutter geführt hatte. Da sich ihr Sohn nicht sehr gesprächig zeigte, hatte sie die Lücken ausgefüllt, indem sie ihm von ihren Ferien erzählte. Plötzlich hatte ihn eine unbeschreibliche Sehnsucht nach der Welt der Réveillons mit ihrer gepflegten Langeweile und dem geregelten Tagesablauf gepackt. Irène wollte mehr über seinen Aufenthalt im Anjou hören. Er hatte gelogen und die Probleme kleingeredet, anstatt der Bewohner die Orte beschrieben und von der Hitze gesprochen, bei der man nur Lust hatte, im Liegestuhl zu faulenzen. Um dem Ansturm ihrer Fragen etwas entgegenzusetzen, hatte er ihr die Anekdote von den Fröschen erzählt, die im Chor quakten.

»Frösche?«

Dann schob er das Essen vor, um sie sanft abzuwimmeln. Sicher würde sie nach einer unruhigen Nacht voller Sorgen um ihren geliebten Sohn am nächsten Tag wieder anrufen.

Da Isabelle immer noch nicht zurückkam, nickte Pierre schließlich ein. Sie weckte ihn gegen zwei Uhr morgens, sie schliefen miteinander, ohne es richtig zu merken, und dann eng aneinandergelöffelt ein.

3

»Steh auf, wir fahren ans Meer!«

Pierre schreckte aus dem Schlaf auf, und seine Nerven knisterten. Blitzartig durchfuhr ihn das Verlangen, Isabelle zu erdrosseln. Er machte die Augen auf und sofort entmutigt wieder zu.

»Was für ein Meer?«

»Ozean, Strand, Meeresfrüchte. Mach schnell, alle warten auf dich.«

Zehn Minuten später klemmte er zwischen Suzanne und Catherine auf dem Rücksitz von Philippes Wagen und meditierte über die sibyllinische Antwort von Isabelle, die vorne neben ihrem Vater saß. Kein Problem, hatte sie erwidert, als er ihr gesagt hatte, er habe keine Badehose dabei. Er drehte sich um und sah durch die Heckscheibe James am Steuer des Mini Cabrio, neben sich Henriette, deren Gesicht von einem weißen Tuch eingerahmt wurde, sehr Jackie Kennedy hinter ihrer schwarzen Brille. Die Hivers folgten in ihrem Auto.

Bald waren sie auf der Autobahn. Auf Bitten von

Catherine hatte Philippe die Klimaanlage voll aufgedreht, und Pierre schlotterte. Wie viel hätte er jetzt dafür gegeben, allein im Haus zu sein und von einem Raum zum anderen zu schlendern, ohne einen der Verrückten zu treffen, in wunderbarer Stille einen Tag Erholung zu genießen. Während die anderen nach Pettigrew'scher Art diskutierten und aus purer Freude am Reden vom Hündchen aufs Stöckchen kamen, dachte er über sein Leben nach, das vergangene, gegenwärtige und künftige. Das am ersten Abend empfundene Gefühl des sozialen Abstiegs war von seltsamer Schüchternheit, verzagter Abstumpfung und dem katastrophalen Eindruck abgelöst worden, dass er sich schon immer in vielen Dingen geirrt hatte. Für einen Mann, den man ums Ausschlafen gebracht hatte und der in einem Iglu zwischen zwei quasi Unbekannten klemmte, war diese negative Bilanz unerträglich. Plötzlich packte ihn die Wut auf die Pettigrews. Diese Familie war ein Abgrund, ein eigener Staat, wie Isabelle sagte, aber ein tyrannischer Staat, der verlangte, jeder müsse sich den unsinnigen Gesetzen beugen, die alle zu Gefangenen machten. Keiner konnte ohne die anderen überleben. Sie kannten keine Einsamkeit, die Unfähigkeit, allein zu sein, machte sie zu Behinderten, die sich in Illusionen über ihre Freiheit und ihre geistige Verfassung wiegten. Was wäre Isabelle ohne diese Sippe, die sie umhegte? Wo würde Henriette mit ihren gestreiften Pyjamas ohne diese Clique landen? Bestimmt im Irrenhaus oder in einem düsteren Altersheim. Wie hätte Catherine ihre Wechseljahre überstanden ohne diese Familie, die ihr einredete, dass ihre Verführungskunst intakt sei? Was würde aus den beiden Hiver-Kindern werden? Sie waren Nervensägen, potenzielle Neurotiker, aber niemand schien sich darüber aufzuregen. Woanders wäre Ludovic nur eine pathetische alte Tunte und Barbara eine verkannte Schriftstellerin. Pierre dachte an seine Eltern. Irène und Dominique Réveillon hatten aus ihren Kindern selbstständige Erwachsene gemacht, die in der Lage waren, allein die kompliziertesten Situationen zu meistern, ganz anders als die Pettigrews, die wie amputiert waren, sobald sie sich von James und Henriette entfernten.

Pierre seufzte mit geschlossenen Augen. Suzanne umgab eine Wolke düsteren Feigenparfüms, von dem ihm übel wurde. Ich bin eifersüchtig, dachte er angewidert. Zynisch und eifersüchtig, gab er zu und versuchte, sich zu beruhigen. Er konnte die Vorstellung nicht ertragen, Isabelle, die wunderbare Isabelle zu teilen, deren entzückende nackte Füße auf dem Armaturenbrett lagen und die sich den Nacken streichelte, während sie auf die Straße schaute. Er wusste, dass er sie nur so oder gar nicht haben konnte. Ich werde saufen, ich werde Hühner essen, ich werde brüllen, ich werde eine Nymphomanin befriedigen, ich werde die erotischen Romane meiner Schwägerin lesen und dabei ausgestopfte Tiere tätscheln, sagte er sich. Die Meeresluft, die durch das offene Fenster hereinströmte, verlieh ihm neuen Mut.

Auch in dem kleinen Badeort, wo sich die Pettigrews offenbar wie zu Hause fühlten, hatten sie ihre Rituale entwickelt. Weil Suzanne unbedingt Meeresfrüchte essen wollte, wählten sie ein Panoramarestaurant außerhalb des Stadtzentrums. Lärmend wie in der Kantine setzten sie sich um einen runden Tisch mit einzigartigem Blick auf die wilde Küste. Die Lautstärke stieg während der Mahlzeit in einem Crescendo und gipfelte in einem Feuerwerk von Bonmots und schrillem Gelächter. Die anderen Gäste auf der Terrasse ertrugen es, ohne zu mucken, und die Kellnerin ermordete die Kinder, die zwischen den Stühlen Fangen spielten, nur in Gedanken. Pierre entspannte sich und stellte sich vor, dass seine Mutter gut in diese idyllische Umgebung passen würde. Er malte sich aus, wie sie Austern schlürfte und mit Catherine angeregte Müttergespräche führte. Unter der Wirkung des Muscadet sah er am Ende des Tisches seinen Vater sitzen, ein Baby mit rechteckigem Gesicht auf dem Schoß, Isabelle und Henriette *en miniature.*

Ludovic bezahlte die Rechnung. Etwas verlegen versuchte Pierre, sich zu beteiligen, aber niemand ging darauf ein. Während er wenigstens das Trinkgeld aufrundete, das James auf den Tisch gelegt hatte, erinnerte er sich an ein Gespräch, das er mit Isabelle über Geld geführt hatte. Sie hatte ihm erzählt, dass es in ihrer Familie ständig hin und her ging. Man borgte es, man schenkte es, und bei der Abrechnung herrschte Anarchie. Nicht immer waren dieselben die Reichen oder die Armen, und am Ende profitierten alle vom Gewinn der einen oder anderen. »Das Thema ist nicht tabu, bloß langweilig«, hatte sie ergänzt, »wir reden nur sehr selten darüber, und wenn, dann meist am Ende des Wochenendes zwischen Tür und Angel.« Pierre hatte seine Zweifel gehabt. Zu Unrecht, wie er jetzt sah.

Über eine halsbrecherische, in den Fels gehauene Treppe gelangte man hinunter in die Bucht. Auf der vorletzten Stufe blieb Pierre wie erstarrt stehen. Die Leute, die ein paar Meter voneinander entfernt am Strand lagen, waren alle splitternackt. Entsetzt packte er Isabelle am Arm und zog sie beiseite.

»Scheiße, du hättest mich wenigstens vorwarnen können!«, fuhr er sie wütend an.

»Ich habe dich doch gewarnt.«

»Ich denke gar nicht daran, mich in Gegenwart deiner Eltern und Großeltern auszuziehen. Das ist extrem peinlich, das ist …«

Er brachte das Wort nicht heraus.

»Das ist?«, provozierte ihn Isabelle.

»Das ist vulgär«, flüsterte er.

»Hör mal, du musst doch nicht mitkommen. Zweihundert Meter von hier gibt es ein pädagogisches Museum über die Salzgärten, ein Aquarium mit Seepferdchen und Mantarochen, eine Bio-Cidrerie und sogar einen Mickymaus-Club mit Trampolin. Wenn du dich verläufst, ruf mich an. Ciao«, sagte sie und wandte sich ab.

Er sah zu, wie sich die Pettigrews am Wasser niederließen. Ludovic hatte sich schon ausgezogen, sprang in die Wellen und schüttelte sich wie ein junger Labrador. Die Hiver-Kinder folgten ihm. Von weitem sah Pierre, wie Isabelle ihre Kleidung ablegte, und ihren schillernden Körper entblößte. Plötzlich regten sich in ihm heftige Besitzansprüche, er zog die Schuhe aus und ging leise fluchend Richtung Ufer.

Henriette lag im Schatten eines gestreiften Sonnenschirms auf einem Liegestuhl, rauchte und schaute aufs Meer. Neben ihr hatte James das Gesicht unter einem breiten Strohhut versteckt und machte Notizen in einem alten Penguin-Buch. Philippe baute mit Benjamin und Guillaume eine mittelalterliche Burg, unterstützt von Suzanne, die immer wieder zum Wasser lief, um für die Baumeister die Eimer zu füllen. Noémie saß auf der Kühlbox und erging sich beim Streicheln eines ausgestopften Kaninchens in Folterträumen. Etwas abseits cremte Catherine Isabelles Rücken ein und flüsterte ihr Geheimnisse ins Ohr. Alles war seltsam ruhig und normal, nur nicht für Pierre, der sich hinter seiner Ray-Ban-Aviator versteckte und dem seine Nacktheit eine Qual war. Niemals hatte er die Körper seiner eigenen Eltern gesehen und ihnen spätestens mit zehn Jahren den eigenen verborgen. Bei den Réveillons wurden die Badezimmer abgeschlossen, am Strand saßen seine Eltern angezogen auf Klappstühlen und lasen die Wochenendpresse. Mit einem aufgeschlagenen Buch auf dem Unterleib gab er vor, die kleinen diskreten Blicke nicht zu bemerken, die Henriette ihm zuwarf.

Wie sollte er normal mit einer Zweiundachtzigjährigen sprechen, an derem alten zerknitterten Körper ihre Zigarette und ein origineller großer Ring die einzigen Merkmale von Zivilisation waren?

»Kinder fühlen sich am Strand instinktiv zu Hause«, bemerkte sie und steckte ihre Kippe in den Sand. »Sie nehmen ihn sofort in Besitz.«

Pierre stimmte zu und starrte aufs Meer, bis Barbara mit ihrem langgezogenen Körper einer Außerirdischen und mit unerhörter Anmut aus dem Wasser auftauchte und er erneut hastig den Blick abwandte.

»Barbara ähnelt dieser amerikanischen Schauspielerin«, sagte James.

»Welcher?«, fragte Henriette.

»Der Name fällt mir nicht ein.«

»Ähneln wir nicht alle einem Filmschauspieler?«, fragte Henriette und sah Pierre an.

Der hatte die Dinge noch nie so betrachtet und stellte fest, dass sie recht hatte. Plötzlich erinnerte ihn Philippe an Lino Ventura und Catherine an die pummelige Mutter von Lolita, die im Film von Stanley Kubrick unter einem Wagen endet.

Klitschnass streckte sich Barbara zu Füßen von Henriette aus, Ludovic und Umberto folgten ihr.

»Ich würde gern etwas Champagner trinken«, sagte James angeregt.

Er verscheuchte Noémie, die immer noch auf der Kühlbox hockte, und verteilte Sektgläser. Catherine setzte sich zu ihnen, sie wirkte sehr erbost.

»Ich habe gerade gesehen, dass diese abscheuliche Andréa Lagorce am Strand ist. Nein, Maman, sieh nicht hin. Bitte, ein wenig Diskretion. Ich will auf gar keinen Fall mit ihr reden.« Catherines große Brüste zuckten vor Ärger. »Papa, schenk ein, ich hab's nötig.«

James reichte die Champagnerflasche herum, und sie stießen an, nackt am Strand, an diesem perfekten Tag. Isabelle erklärte Pierre, dass Andréa Lagorce eine Kindheitsfreundin von Catherine war, mit der sie sich einige Jahre zuvor überworfen hatte.

»Kennen Sie Cocteaus Rätsel über das Chamäleon?«, fragte Ludovic Pierre.

»Wie lässt man ein Chamäleon an Erschöpfung sterben?«, leierte Noémie gelangweilt herunter und verdrehte die Augen.

»Indem man es auf eine karierte Decke legt«, sagte Benjamin.

»Falsch«, verbesserte die nervtötende Noémie. »Indem man es auf ein schottisches Plaid legt.«

»Andréa Lagorce ist so ein Chamäleon«, erklärte Catherine.

»Pierre kennt sie nicht«, sagt James. »Das ist ihm doch egal.«

»Nein, nein. Das ist auch für ihn sehr interessant«, betonte Catherine. »Jeder begegnet in seinem Leben mindestens einer Andréa Lagorce: Sie gehört zu den Frauen, die die Liebe als Bekehrung erleben. Fast dreißig Jahre lang habe ich beobachtet, wie sie sich jedes Mal vollkommen veränderte, wenn sie den nächsten Mann ihres Lebens kennenlernte. Von heute auf morgen änderte sie ihren Geschmack, ihre Garderobe und sogar ihren Wortschatz. Ich musste mich ihrer neuen Persönlichkeit und manchmal sogar einer neuen Vergangenheit anpassen, zu der ich zwar gehörte, die sie aber komplett neu erfand. Ich hatte keine Wahl: friss oder stirb.«

»Wir haben sie als Cheerleader mit Majoretten-Stiefeln, als poetischen Blaustrumpf, Großbürgerliche mit Wappen, kokainsüchtige Intellektuelle und Familienmutter mit Gluten-Unverträglichkeit erlebt«, erzählte Ludovic lachend.

Im Schutz des Sonnenschirms beobachtete Barbara die kleine Gruppe, die die Chamäleonfrau umgab.

»Ich würde gerne wissen, wer sie heute ist«, sagte sie. »Schneekönigin? Abenteurerin?«

»Sicher das eine oder das andere.« Catherine lachte abfällig. »Je nachdem, ob ihr ein Isländer oder ein Arzt ohne Grenzen über den Weg gelaufen ist.« Sie seufzte. »Irgendwann hatte ich genug von ihrem Spektakel als Verwandlungskünstlerin und wollte nicht mehr die Vergessliche spielen.«

»Irgendwie mag ich die Frau«, sagte James. »Im Grunde ist ihr Leben eine Tragödie. Das Chamäleon geht daran zugrunde, dass es von einer karierten Decke geliebt werden möchte. Wenn man es auf ein geblümtes Kleid, eine bunte Tagesdecke oder einen gestreiften Spitzenschal legt, ist sein Leben ein ewiger Neubeginn. Dennoch ist ihm das lieber als etwas Einfarbiges, weil es sich darauf langweilt.«

»Ja, ja«, zischte Catherine. »Die Andréa Lagorces dieser Welt lieben sich selbst zu sehr, um sich mit etwas Einfarbigem zu begnügen.«

»Ruhe, Kinder!«, sagte Henriette. »Wir haben alle unsere Fehler.«

Pierre freute die plötzliche Einsicht der alten Dame. Auch Andréa Lagorce, die sicher jahrelang die Extravaganzen der Pettigrews hatte ertragen müssen, schenkte er einen Gedanken voller Anteilnahme.

»Hass ermüdet, Verachtung trocknet aus, Eifersucht macht hysterisch, und Sarkasmus schwächt«, fuhr Henriette fort. »Hass verbraucht wahnsinnig viel Zeit, und Zeit ist kostbar.«

Alle sahen sie mit kaum verhohlenem Entsetzen an. Stolz trug sie ihre Krokodilshaut und ihren uralten Busen zur Schau, aber für einen Moment sah jeder darin Anzeichen ihres baldigen Todes.

Umberto schnitt dem über ihnen schwebenden Unheilsengel abrupt die Flügel ab.

»Andréa Lagorce ist eine geniale Blufferin. So muss man die Dinge betrachten. Ich habe auch immer gern gelogen«, sagte er und wandte sein venezianisches Profil dem Meer zu. Ludovic starrte ihn an. »Aber das dürft ihr nicht in einen Topf werfen! Ich leide nicht unter den traurigen Zwängen eines krankhaften Lügners. Dessen mittelmäßige Kreativität dient nur dem Bedürfnis zu existieren, und im Herzen seiner Missetaten sitzt die Angst. Das trifft auf mich nicht zu!«

»Umberto!«, stöhnte Ludovic.

»Lass mich zu Ende reden, Liebling. Ich lüge, weil

ich es mag, weil ich das Schöne mag und um Freude zu machen. Die edle Lüge ist eine individuelle Lüge. Und wenn sie der Phantasie des Belogenen begegnet, wird sie zum Kunstwerk.«

»Du meinst, man glaubt, was man glauben will?«, fragte Barbara.

»Genau. Der gute Lügner sucht sich immer den passenden Komplizen. Und Catherine war dreißig Jahre lang Andréas willige Komplizin.«

Jeder dachte über Umbertos Worte nach und suchte in der breiten Palette der eigenen Lügen eine Form von Altruismus und eine mögliche Ästhetik. Während Pierre die geheimste Stelle seiner Anatomie verbarg, die Isabelle seit einer Weile mit großer Neugier anstarrte, fragte er sich, ob er auch log, indem er an einem Nudistenstrand lag, während seine Mutter glaubte, er plaudere im Schatten einer Linde mit normalen Leuten über Politik. Vielleicht war er das erschöpfte Chamäleon, das krampfhaft versuchte, sich den Pettigrews anzupassen. Er holte sich einen Strohhut aus Isabelles Strandtasche und setzte ihn auf. Dann legte er sich auf den Bauch und schlief mit dem Geruch der Muscheln in der Nase ein.

Auf der Rückfahrt war die Aufteilung in den Autos ungünstig für Pierre. Barbara saß am Steuer, ihre Schwester neben ihr, und er landete hinten, eingeklemmt zwischen den Kindern. Er fühlte sich fiebrig, sein Körper strahlte wie ein elektrischer Heizkörper. Am Strand hatte ihm Isabelle angeboten, ihn einzucremen, aber aus Angst vor einer Erektion hatte er unter dem Vorwand einer Allergie gegen kosmetische Produkte jede Berührung abgelehnt. Von heftigem Sonnenbrand geschwächt und den Tränen nah, quälte ihn schon der Kontakt mit dem Sitz. Die Réveillon'sche Prüderie kam ihn teuer zu stehen. Hinter Saint-Nazaire begannen die Hiver-Kinder, sich das ausgestopfte Kaninchen zuzuwerfen, bis das Tier in Pontchâteau auf Barbaras Schoß landete, die vor Schreck das Lenkrad verriss. Nachdem das Kaninchen eingezogen worden war, baten sie den schweigenden Pierre mit den Kindern *Ich sehe was, was du nicht siehst* zu spielen. Er fügte sich, um bei Isabelle die Punkte wettzumachen, die er sicher am Strand mit seinem Geschmolle verloren hatte. Noémie war bald von der Einfallslosigkeit ihres Mitspielers enttäuscht und schlief an seiner verbrannten Schulter ein. Er ertrug das Martyrium bis Angers, so herrschte wenigstens Frieden im Auto.

Bevor sie losgefahren waren, hatten sie vereinbart, dass sie in Guillaumes Werkstatt haltmachen würden. Als Pierre ausstieg, sah er, dass etwas passiert sein musste. Kaum hatte Catherine die Werkstatt betreten, brach sie auf einem Stuhl zusammen und begann zu weinen. Unterwegs hatte ihr Sohn Frédéric angerufen. Er hatte sich beim Rugby den Knöchel gebrochen und würde nicht zu Henriettes Geburtstag kommen können. Catherine zögerte, sie fragte sich, ob sie nach Paris zurückkehren und sich um ihren

Sohn kümmern sollte. Barbara schlug vor, mit ihm zu skypen. Alle folgten ihr in die obere Etage und ließen Pierre mit Guillaume und einer bunten Fauna von Waldtieren und Vögeln unterschiedlicher Größe zurück.

Die Werkstatt war wie ein Brutkasten, ein heftiger Geruch nach toten Tieren machte die Hitze noch unerträglicher. Hinzu kam der Gestank chemischer Produkte, der wie Senf in der Nase brannte. Pierre, dem der Sonnenbrand aus allen Poren qualmte, fühlte sich, als würde auch er gleich zusammenbrechen. Um sich abzulenken, fragte er den Hausherrn über seinen Beruf aus.

»Ich bringe tote Tiere ins Leben zurück. Es kommt auf die Bewegung, den Glanz des Blickes und die Gesundheit des Fells oder Federkleids an«, sagte Guillaume. »Ich arbeite an einem Paradox.«

»Kannst du davon leben?«, fragte Pierre, unfähig zu philosophieren.

»Ich habe einen Kundenstamm von Jägern, die mir ihre Trophäen bringen. Außerdem restauriere ich für Privatpersonen und Museen Tiere mit Mottenschäden. Ab und an kommen alte Leute mit einem Kater oder einem Meerschweinchen hereingestolpert. Mal mache ich es, mal nicht, das hängt vom Zustand des Tieres ab. Manche sind hinüber, da lohnt sich der Versuch nicht.«

»Und Fische?«, fragte Pierre und sah sich um.

»Das ist eine spezielle Disziplin. Wenn ein Fisch stirbt, wird er matt. Man muss ihn kolorieren und lackieren, damit sein Glanz wiederhergestellt wird. Das kann ich nicht. Und ehrlich gesagt begeistert mich die Vorstellung auch nicht besonders, einem Gründling ein Pseudoleben zurückzugeben! Komm, ich zeig dir was.«

Pierre folgte Guillaume in einen kleinen Nebenraum. Der Tierpräparator öffnete eine Vitrine, holte ein Kolibripärchen heraus und stellte es auf einen Tisch. Pierre lief ein eisiger Schauder die Wirbelsäule hinab. Die beiden Vögel mit buntem Federkleid hatten winzige menschliche Köpfe, Mann und Frau. Sie standen einander gegenüber und starrten sich an. Für einen winzigen Moment glaubte Pierre an ihre Echtheit, dann fing er sich.

»Was ist das?«, fragte er fassungslos.

»Chimären.«

Mit zufriedenem Lächeln betrachtete Guillaume Hiver seine verstörenden Kreaturen und glättete seinen blonden Bart. Pierre war sprachlos. Deprimiert stellte er fest, dass auch die Normalität seines möglichen Schwagers nur eine Chimäre war.

»Das ist unsere Versuchung«, erklärte Guillaume. »Die Extravaganz eines Künstlers oder eines verrückten Gelehrten. Wir können uns für Demiurgen halten, verstehst du?«, fügte er mit der unheilvollen Stimme eines Hobbypropheten hinzu. »Am Ende erstickt uns die Natur, und wir träumen von tierischen Fabelwesen. Das ist keine moderne Perversion, da kann ich dich beruhigen. Diese Anziehungskraft für Monster hat es schon immer gegeben.«

Pierre war nicht besonders beruhigt. Der Tierpräparator hatte zwar nicht Frankenstein erfunden, aber sein Vogelpaar hatte etwas ebenso Erschreckendes an sich.

»Ist dir nicht gut?«, fragte Guillaume besorgt, als er seinen Gast ansah, der puterrot geworden war und verwirrt um sich schaute.

»Nein, nein, es geht schon. Das ist nur der Sonnenbrand.«

Guillaume stellte die mutierten Vögel behutsam zurück in ihre Vitrine.

Pierre war verblüfft. Nachdem Guillaume von seinen Kolibris mit Wachspuppenköpfen abgekommen war, wirkte er wieder heiter und rational. Pierre hatte große Lust, ihn über seine Beziehung zu den Pettigrews auszufragen. Es war die ideale Gelegenheit, aber er traute sich nicht, das Thema anzusprechen. Schließlich kam Guillaume von selber darauf.

»Lebst du mit Isabelle zusammen?«

»Nein. Das heißt, noch nicht.«

»Du weißt, dass sie völlig durchgeknallt ist.«

»Wer ist das in dieser Familie nicht?«, fragte Pierre, dem es nicht gefiel, dass man seine Zukünftige als durchgeknallt bezeichnete. Außerdem wirkte Barbara auch nicht gerade ausgeglichen. Er wollte kein Urteil, sondern Tipps und eine Bedienungsanleitung. »Ich weiß nicht, wie ich mit ihnen umgehen soll«, fügte er hinzu und streichelte mechanisch ein gegerbtes Fell, das auf einem Wäscheständer trocknete.

»Mach es wie ich. Dreh das Problem um. Und fass

das Hirschfell nicht an, es ist voller Viehzeug.« Hastig zog Pierre die Hand zurück. »Nicht du musst ihnen gefallen«, erklärte Guillaume, »sondern sie dir. Wer verführt wen? Frag dich einfach, ob du Lust hast, einen Teil deines Lebens mit ihnen zu verbringen. Das ist sehr wichtig.«

Er setzte sich neben Pierre und sah ihn mit ernstem Therapeutenblick an.

»Wie findest du sie alle?«, fragte Pierre.

»Ich finde sie göttlich. Zugegeben, ich bin ein ziemlich spezieller Fall. Ich verstehe mich nicht gut mit meiner Familie, und meine Kindheit war ein Graus.«

»Wie hast du Barbara eigentlich kennengelernt?«

»Damals hatte ich meinen Laden noch nicht. Barbara stand eines Tages hier in der Werkstatt, mit einem schwarz-orangen Zwerghuhn, quietschlebendig in einem Käfig. Sie wollte es ausstopfen lassen, um es ihrem Großvater zu schenken. Ich erklärte ihr, dass das Töten von Tieren nicht zu meinen Aufgaben gehört, sie sagte ›kein Problem‹ und verabschiedete sich. Am nächsten Tag war sie mit dem abgemurksten Huhn wieder da. Da habe ich begriffen, dass das Mädchen einzigartig ist. Sie war auch eine Chimäre. Später lernte ich die Pettigrews kennen, und mir wurde schnell klar, dass sie im Gesamtpaket enthalten waren. Das hast du sicher auch schon begriffen. Ich war wahnsinnig verliebt, aber ich habe mir trotzdem Zeit gelassen, um zu verstehen, worauf ich mich da einlasse. Am Ende habe ich sie adoptiert und nicht umgekehrt. Diese Leute verlangen nichts. Darin besteht ihr Charme, aber das schüchtert auch ein. Irgendwie hat man immer das Gefühl, dass man ihnen nicht viel geben kann und dass sie leicht auf einen verzichten könnten. Überleg's dir gut, Isabelle ist am meisten Pettigrew von allen.« Guillaume lachte.

»Manchmal muss ich passen«, gestand Pierre plötzlich ganz vertraulich. »Ihre Unabhängigkeit haut mich um.«

»Mach nicht so ein Theater darum! Diese Leute lieben sich, das verwirrt unsereinen«, versicherte ihm der Jesus-Christus-Klon fröhlich. »Red mal mit Umberto darüber. Er hat interessante Ansichten zu der Frage.«

»Vielleicht hat du recht. Ich muss einfach cool bleiben.«

Guillaume nahm einen tiefen Atemzug von der vergifteten Luft der Werkstatt, dann betrachtete er Pierre besorgt.

»Heute Abend wird es dir ziemlich dreckig gehen.«

Als sie zurück waren, ging Pierre sofort ins Bett. Er war gegrillt wie ein Steak und phantasierte die ganze Nacht. Sein Halbschlaf wurde von Einhörnern und feuchten Schweinerüsseln bevölkert, die seine Weichteile beschnupperten, und auch die echte Isabelle unternahm vergebliche Angriffe.

4

Gestresst wie ein Hase am Rand seines Lochs saß Pierre auf der Bettkante und spitzte die Ohren. Im Haus herrschte ungewohnte Ruhe. Kein Gepolter auf der Treppe, kein Geschrei, kein irres Gelächter. Er hörte nur das fröhliche Zwitschern der Vögel und das Gackern aus dem Hühnerhof. Er ging zum Fenster und stellte fest, dass James' Mini und der Wagen der Axilettes nicht im Garten standen. Ein Gedanke schoss ihm durch den Kopf: anziehen, Koffer packen, ins Auto steigen, das Grundstück verlassen und auf Nimmerwiedersehen verschwinden. Wie gelähmt von diesem Impuls stand er mitten im Zimmer. Dann beschloss er, schnell zu duschen, bevor er sich davonmachte, aber als er im Badezimmerspiegel seinem nackten Abbild begegnete, schrie er vor Entsetzen auf. Sein Körper war gleichmäßig mit einem glänzenden knallroten Lack überzogen. Schon lösten sich breite weiße Schuppen in schrecklichen Fetzen von seinen verbrannten Schultern. Panisch wandte er den Blick von diesem gekochten Hummer ab und fand auf der Ablage des Waschbeckens neben einer Flasche *Après-soleil* einen Zettel von Isabelle, die ihn mit ihrer dicken runden Schrift wissen ließ, dass sie auf dem Markt seien.

Noch immer von seinem Fluchtplan gelenkt, ließ Pierre die Dusche aus und zog sich ganz vorsichtig an. Er musste sich sehr schnell entscheiden. Wenn er verschwand, verlor er Isabelle und die Achtung der Pettigrews. Während er hastig seine Toilettensachen zusammensuchte, überlegte er sich, dass er seine Eltern in der Dordogne besuchen könnte. Er raffte alle Kleidungsstücke zusammen, die im Zimmer herumlagen, und stopfte sie in seinen Koffer. Bei der Suche nach einem fehlenden Strumpf fand er unter dem Bett einen BH von Isabelle, den schwarzen ohne das Markenzeichen »Axilette«, den sie erst vor kurzem zusammen in einem Laden im Marais gekauft hatten. Pierre beschnupperte das Wäschestück, das sie noch in der Anprobekabine des Geschäfts einem Härtetest unterworfen hatten. Sehr konkrete erotische Bilder tauchten vor ihm auf, und eine animalische Tonspur überlagerte den Vogelgesang ebenso wie seine Idee einer überstürzten Abreise. Hoffnungslos verunsichert lief er im Zimmer herum, dann holte er seine Sachen wieder aus dem Koffer und packte sie auf die Couch zurück.

Unten in der Küche traf er Benjamin, der mit einer Schale Kakao vor einem geöffneten Heft saß. Ohne seine Schwester, seine Geißel, wirkte der Junge entspannter.

»Bist du allein?«, fragte Pierre und goss sich eine Tasse Kaffee ein.

»Nein, ich bin mit dir zusammen.«

Auch wenn er ruhig war, hatte der Kleine ein unerträgliches Backpfeifengesicht.

»Machst du in den Ferien Hausaufgaben?«

»Wofür hältst du mich?«, rief der Junge empört.

»Was machst du dann?«, fragte Pierre, fest entschlossen, ruhig zu bleiben.

Er setzte sich neben Benjamin und griff nach dem Heft.

Auf dem Umschlag stand ziemlich großspurig *Erfindungen 2015*, und es enthielt eine Reihe extrem komplizierter Entwürfe von Apparaten, die Benjamins brodelndem Gehirn entsprungen waren. Auf einer Doppelseite offenbarte der Querschnitt einer Robotergiraffe ein intensives Innenleben aus Treppen, Fahrstühlen, einem Abwassersystem und sogar einem Selbstbedienungsspender für erfrischenden Nebel. Überall Pfeile, Erklärungen, Radar, Sauganlagen und Förderbänder. Pierre blieb bei einem Android zum Falten von Servietten hängen, dann bei einer Kackmaschine, die mit einer furchterregenden Gelenkzange versehen war. Weiter hinten entdeckte er eine Maschine zum Rupfen von Vögeln, einen ferngesteuerten Tennisball und ein Gerät zum Sammeln von Lügen, das aussah wie eine dicke Metallfliege. Weniger beunruhigend waren ein Auto ohne Räder, das mit Sonnenkollektoren ausgerüstet war, Transformationsschuhe und eine unsichtbare Wanduhr mit der Erklärung »Kann sichtbar werden, wenn die Leute vertrauenswürdig sind«. Benjamins neueste Schöpfung war ein Folterstuhl, der einem Bottich ähnelte, über dem ein Brausekopf und ein komplexes Netz elektrischer Drähte hing.

Pierre lachte.

»Echt genial!«, kommentierte er und klappte das Heft zu.

Benjamin schaute ihn verdutzt an.

»Findest du?«, fragte er und wand sich auf seinem Stuhl.

»Ja! Das kannst du mir glauben. Weiter so, mein Junge!«

Der Erfinder vertiefte sich wieder in sein Heft, das er nun mit anderen Augen zu betrachten schien.

Pierre ging hinaus in den Garten und genoss schweigend seinen Kaffee. Seine Fluchtphantasien waren völlig verschwunden, und er machte sich über den armen Kerl lustig, der wenige Minuten zuvor die Kurve hatte kratzen wollen. Mit neuem Schwung beschloss er, spazieren zu gehen. Hinter dem Hühnerhof und Bo-Baes Nebengebäude begann ein kleiner Pfad, der von Wiesen gesäumt war, auf denen fette Kühe weideten. Die weiße Spur eines Linienflugzeugs am Himmel ließ ihn von Reisen mit Isabelle träumen. Sie wollte nach New Mexico, das sollte ihre Hochzeitsreise werden. In seiner Hosentasche vibrierte das Telefon. Da der Name seines Chefredakteurs auf dem Display stand, zögerte er, ehe er das Gespräch annahm.

Jacques Sommer war so außer sich, dass er seine Sätze nicht zu Ende brachte. Urplötzlich wurde Pierre bewusst, dass er seit zwei Tagen von der Welt abgeschnitten war, weil er sich Suzannes Angst vor den gefährlichen Wellen gebeugt und sein Telefon zumindest auf lautlos gestellt hatte. Mühsam setzte er aus den Puzzleteilen von Sommers Gestotter den Skandal zusammen, der das politische Frankreich mitten im Sommerloch in helle Aufregung versetzte. Ein Minister, der in Barcelona Urlaub machte, war dort tot im Bett eines Transsexuellen aufgefunden worden. Seine Rückkehr nach Frankreich zwischen vier Brettern war das Titelfoto aller Zeitungen. Die sozialen Netzwerke explodierten, am Strand und auf den Caféterrassen gab es kein anderes Thema. Pierre bemühte sich, seine Ahnungslosigkeit vor Sommer zu verbergen. Als das Gespräch beendet war, bereute er, dass er es an dem Pflichtgefühl hatte fehlen lassen, das in der Redaktion seinen Ruf begründete. Dafür machte er die Pettigrews verantwortlich, denen der Zustand der Welt schnuppe war. Sie sorgten sich eher um den bemerkenswert frühen Aufbruch der Wildgänse gen Süden, der am Vortag eine lange und kontroverse Diskussion ausgelöst hatte, als um die Sitten und Erschütterungen im politischen Leben ihres Landes. Sie waren völlig auf sich selbst fixiert, lasen nur Gedichtbände in Taschenbuchausgaben und die lokale Presse, die sie jeden Morgen von der ersten bis zur letzten Seite peinlich genau durchforsteten. Wonach suchen sie darin eigentlich?, fragte er sich gereizt.

Im letzten Moment wich Pierre einem dicken vertrockneten Kuhfladen aus und achtete fortan darauf, wohin er den Fuß setzte. Die Sonne hatte sich gedreht und schien ihm voll ins Gesicht. Aus Sorge, auch noch den letzten Rest gesunder Haut zu verlieren, suchte er nach Schatten und entdeckte auf einer Wiese ein schönes Plätzchen unter einer Eiche. Er kroch unter dem Draht des Elektrozauns hindurch und betrat die Wiese. Da ihm die Sonne auf den Kopf knallte, beschleunigte er seinen Gang hin zur Oase der Frische. Wenige Meter vor dem Baum merkte er, dass er nicht allein war. Etwas verstimmt fragte er sich, ob er seine Träume wirklich mit einer Kuh teilen wollte. Als er begriff, dass das dicke schwarze Tier frappante Ähnlichkeit mit dem Stier hatte, den er in Pamplona bei einer blutigen Corrida gesehen hatte, erstarrte er. Es beobachtete ihn ein paar Sekunden lang reglos, dann scharrte es mit dem Vorderhuf auf dem Boden und senkte den Kopf. In größter Panik machte Pierre kehrt und rannte davon. Er war nicht weit vom Zaun entfernt, aber dem Stier blieb genug Zeit, ihn auf die Hörner zu nehmen, bevor er in Sicherheit war. Pierres Blickfeld war durch die Angst eingeengt, aber es kam ihm vor, als würde jemand rufend den Weg entlangrennen. Schon spürte er den warmen Atem des Stiers im Nacken, sein letztes Stündlein hatte geschlagen, und er dachte an seine Mutter.

»Maman!«, schrie er und erblickte in dem Moment Catherine, die sich unter dem Zaun hindurchschob.

»Legen Sie sich hin«, brüllte sie und schwenkte ihre rote Bluse, die sie hastig aufgerissen hatte.

Er warf sich zu Boden und sah, wie Isabelles Mutter im Büstenhalter mit ausgestreckten Armen und aufgerissenen Augen das Stück Stoff vor der Nase des Stieres schwenkte. Mit schäumenden Nüstern bremste das Rindvieh seinen Galopp, dann gab es wieder Gas und raste auf Catherines Bluse los. Sie machte einen Schritt zur Seite, und das Tier landete im Zaun, der unter seinem Gewicht knisternd nachgab. Verstört von dem Elektroschock machte sich der Stier brüllend aus dem Staub.

Pierre blieb auf dem Boden liegen und konnte sich eine ganze Weile nicht rühren. Sein Herz war explodiert, er war außer sich. Zum ersten Mal in seinem Leben wäre er beinahe gestorben – eine furchtbare Erfahrung. Ein merkwürdiges Glucksen wenige Meter von ihm entfernt brachte ihn mit einem Schlag zur Besinnung. Er kroch bis zu Catherines entblößtem Körper, beugte sich über sie und stellte fest, dass sie gar nicht gut aussah. Er stand auf, um Hilfe zu holen, aber aus Angst, erneut dem Stier zu begegnen, der vielleicht hinter einem Dornenstrauch lauerte, besann er sich und tätschelte ihre Wange. Als sie nicht reagierte, ohrfeigte er sie etwas kräftiger. Sie öffnete ein Augenlid, starrte ihn an, als wäre er ihr total unbekannt, dann riss sie beide Augen auf.

»Mein Gott, Réveillon! Hören Sie auf, mich zu schlagen!«, schrie sie ihn an und setzte sich auf. »Sie sind ja total bekloppt!«

Blind vor Wut schnappte sich Catherine ihre Bluse. Ein Ärmel fehlte an dem zerfetzten Kleidungsstück, das sie dennoch sorgsam zuknöpfte. Sie kam auf die Beine, stieg über den demolierten Zaun und ging den Weg entlang, ohne sich um ihren Leidensgenossen zu kümmern.

»Hermann!«, rief sie. »Wo ist bloß das Pferd hin, verdammter Mist!«

»Es hatte sicher Angst vor dem Stier«, vermutete Pierre, der ziemlich erbärmlich hinter ihr herrannte.

Sie gingen einige Minuten, ohne ein Wort zu wechseln. Hinter einer Kurve stießen sie auf Hermann, der unter einer Kastanie im Schatten auf sie wartete. Beruhigt tätschelte Catherine den alten Gaul.

»Sie haben mir das Leben gerettet«, sagte Pierre.

Catherine brummte: »So was von leichtsinnig! Ich frage mich, ob ich meine Tochter wirklich einem Kerl anvertrauen soll, der eine Kuh nicht von einem Stier unterscheiden kann. Und merken Sie sich eins, Réveillon: Auf dem Land sorgen Zäune dafür, dass die Tiere drinbleiben, aber auch, dass die Menschen draußen bleiben. Ehrlich, wo haben Sie Ihr Leben verbracht?«

Pierre unterdrückte seinen Ärger. Die Frau hielt ihn für einen Idioten, aber in der politischen Arena, wo er zu Hause war, würde sie zweifellos weniger souverän wirken.

»Sagen Sie mal«, fragte sie in freundlicherem Ton, »tragen Sie eigentlich Schlafanzüge?«

Er fragte sich, ob er, unabhängig von der Wahrheit,

ja oder nein sagen sollte. Wenn sie ihn testen wollte, musste er taktisch vorgehen.

»Nur wenn es kalt ist.«

»Da haben wir's«, sagte sie zufrieden. »Der Pyjama ist zur Winterbekleidung geworden. Ich habe vor, eine neue Kollektion für Männer auf den Markt zu bringen. Mit dieser Idee liebäugle ich schon seit ein paar Monaten. Mit dem, was mir meine Designer vorschlagen, bin ich noch nicht zufrieden. Wahrscheinlich schlafen Sie normalerweise in T-Shirt und Unterhose.« Pierre nickte. Er konnte Isabelles Mutter doch nicht sagen, dass es unmöglich war, auch nur das geringste Kleidungsstück anzubehalten, wenn man mit ihrer Tochter ein Bett teilte. »Sie tragen eine Zweiundfünfzig«, sagte sie und musterte ihn von Kopf bis Fuß. »Ich habe ein paar Modelle mitgebracht, wir werden sie probieren.«

Ein verdächtiges Knacken hinter ihnen ließ Pierre die Rückkehr des Untiers befürchten. Er erstarrte und konnte nicht weitergehen.

»Das ist ein Kaninchen. Oder eine Fliege«, sagte Catherine und sah ihn schräg an.

Der Zwischenfall sorgte für Aufsehen. Pierre und Catherine wurden mit Fragen bombardiert und schilderten den fasziniert lauschenden Pettigrews ihr Abenteuer.

»Jetzt läuft also da draußen ein Stier frei herum«, meinte James. »Ich mache mir Sorgen um Hermann.«

Catherine beruhigte ihn. Man einigte sich auf absolutes Stillschweigen, denn Gérard Martial, der Besitzer der Wiese und des flüchtigen Tieres, war bekannt dafür, kein Gerichtsverfahren auszulassen.

»Er wird sicher die Polizei rufen«, sagte Henriette.

Pierre war nicht gerade stolz auf sich und dankbar für die Großmut, mit der alle auf seinen Leichtsinn reagierten.

»Ich werde Bo-Bae warnen«, sagte James beunruhigt. »Sie geht oft in der Morgenfrische spazieren, und ich möchte nicht, dass ihr etwas zustößt.«

Pierre ging nach oben, Isabelle folgte ihm. Sie legten sich nebeneinander auf das Bett.

»Deine Mutter hat mir das Leben gerettet«, sagte er und nahm ihre Hand.

»Kein Zweifel, die Frau hat Eier.«

»Trotzdem habe ich ein paar Punkte bei ihr verloren, meinst du nicht?«

»Im Gegenteil. Außerdem hast du ihr eine unerwartete Gelegenheit verschafft, sich mit den Urgewalten zu messen. Catherine Axilette gegen den Stier von Gérard Martial! Das fehlte noch in ihrer Erfolgsliste. Du hast ihr das Kunststück auf einem Silbertablett serviert, sie wird dir ewig dankbar sein.«

»Meinst du?«

»Na klar. Du kennst meine Mutter noch nicht. Bis zum Ende des Sommers hat die Sache epische Ausmaße angenommen, und ihre Rückkehr nach Paris wird ein Triumph. Dank dir.«

»Ich spüre Ironie in deinen Worten«, mutmaßte er und bewunderte Isabelles Hakennase.

»Keineswegs. Ich verstehe keine Ironie, und Zynismus ist mir zuwider. Such nicht da, wo nichts ist.«

Pierre dachte einen Moment nach. Isabelle nahm Rücksicht auf seinen leidenden Körper und hielt sich zurück.

»Gestern habe ich mich mit Guillaume unterhalten, während ihr deinen Bruder angerufen habt. Er hat mir seine Chimären gezeigt.«

»Ach ja? Er ist wirklich eine Koryphäe auf seinem Gebiet. Letztes Jahr war er Dritter bei der Weltmeisterschaft für Tierpräparation in den Staaten. Sein Kuskus war eine Sensation.«

»Sein was?«

»Der Kuskus gehört zur selben Familie wie Koalas und Kängurus. Ein sehr seltenes Tier, er hatte es für ein Museum präpariert und durfte damit am Wettbewerb teilnehmen. Es war unglaublich, das Tier sah total lebendig aus. Du kannst dir was darauf einbilden, dass er dir seine Chimären gezeigt hat. Er macht ein großes Geheimnis darum. Es kommt mir so vor, als hätte er genug davon, altes Viehzeug in Schuss zu bringen. Ich glaube, er würde gern etwas anderes machen, aber ihm fehlt das Selbstvertrauen. Außerdem hatten er und Barbara in letzter Zeit ziemliche Probleme.«

»Was für Probleme?«

»Mit Noémie.«

»Quält sie Katzen?«, fragte Pierre, der die Kleine nicht ausstehen konnte.

»Red keinen Scheiß, Pierre. Noémie hatte eine schwere mystische Krise. Sie hielt sich für eine Heilige. Nichts half, sie war nicht davon abzubringen. Dir ist wahrscheinlich aufgefallen, dass man in der Familie nicht viel von religiösem Schnickschnack hält. Barbara hat sich gewundert, woher diese Besessenheit kommt. Sie dachte an schlechten Umgang in der Schule oder dass ein Perverser ihr eingeredet hätte, sie habe eine besondere Gabe.«

»Und dann?«

»Irgendwann hat Guillaume unter ihrem Bett ein Exemplar der *Legenda aurea* gefunden, das sie in der Bibliothek geklaut hatte.«

»Was ist denn die *Legenda aurea*?«

»Ein Buch, das im dreizehnten Jahrhundert von einem Dominikanermönch geschrieben wurde, der darin Märtyrerleben schildert. Ich habe es gelesen, um das Ganze zu begreifen, es hat tatsächlich geholfen. Das ist ein Märchen für Erwachsene, die für so was empfänglich sind. Die Heilige Agathe oder die Heilige Lucia sind total verrückt nach Jesus Christus. Sie lehnen die Kerle ab, mit denen man sie verheiraten will, man bringt sie ins Bordell, damit sie das Leben kennenlernen, und dann hagelt es Wunder, um ihre Jungfräulichkeit zu bewahren.«

»Und wie haben sie es geschafft, der heiligen Noémie klarzumachen, dass sie nur ein ganz normales kleines Mädchen ist, das im einundzwanzigsten Jahrhundert lebt?«

»Sie haben die *Legenda* mit ihr gelesen und ihr

Punkt für Punkt erklärt, warum das alles nicht stimmt. Am Ende hat sich Noémie überzeugen lassen. Denke ich jedenfalls.«

»Guillaume sagte, dass er selbst keine richtige Familie hat.«

»Er hat eine, aber die hat nicht zu uns gepasst.«

»Musste er wählen?«

»Er musste überhaupt nichts. Wir haben seine Eltern und seine Schwestern getroffen. Es gab von keiner Seite das Bedürfnis, sich wiederzusehen. Und fertig.«

»Wie war seine Familie denn?«

Sie überlegte und zögerte, schließlich seufzte sie und wich seinem Blick aus. Im Bewusstsein des Risikos, in der Beschreibung die Réveillons zu erkennen, bestand er auf seiner Frage.

»Darf ich dir was sagen? Irgendwie schaffst du es, dich ständig selbst reinzureiten! Niemand hat dir verboten, dich am Strand einzucremen, und niemand hat dich gezwungen, über den Zaun von Gérard Martial zu klettern. Du bist hier einfach nicht auf deinem Terrain, das ist nicht unsere Schuld.«

Pierre betrachtete Isabelle. Der Ärger machte sie noch schöner und begehrenswerter.

»Liebst du mich?«, flüsterte er und berührte kühn ihre linke Brust.

»Zweifellos.«

Sie hielt sein Streicheln für die Einladung, weiter zu gehen, und legte die Hand auf seinen knallroten Bauch.

»Darf ich?«, fragte sie.

»Ja, aber ganz, ganz vorsichtig.«

Das Abendessen war beendet, eine Flasche Weinbrand wurde herumgereicht.

»Klar zum Gefecht«, rief James und zündete sich eine Zigarre an. »Das ganze Dorf steht Kopf. Man hat das ausgebrochene Rindvieh nicht wiedergefunden, und die Gendarmen sind mächtig unter Druck. Gérard Martial erzählt überall, er werde sich denjenigen, der seinen Stier befreit und seinen Zaun zerstört hat, persönlich vorknöpfen.«

»Woher weiß er denn, dass jemand auf seiner Wiese war? Schließlich kann man sich doch gut vorstellen, dass das Tier einfach Lust hatte, spazieren zu gehen, oder?«, fragte Suzanne.

»Er hat neben dem Zaun den Ärmel eines Kleidungsstücks gefunden.«

»Scheiße!«, sagte Catherine und biss sich auf die Lippe. »Bin ich bescheuert!«

»Maman, niemand weiß, dass du eine rote Seidenbluse hast«, sagte Barbara.

»Stimmt. Warten wir ab.« Catherine leerte ihr Cognacglas.

»Hattest du Angst?«, fragte Ludovic Pierre.

»Und wie! Ich dachte, das ist das Ende.«

»Woran denkt man, wenn einem ein Stier auf den Fersen ist?«

Pierres und Catherines Blicke trafen sich. Er war ihr dankbar, dass sie nicht das beschämende »Maman« erwähnte, das er gebrüllt hatte, während er Richtung Zaun rannte.

»Man bereut«, sagte er.

»Ich verstehe«, erwiderte Ludovic nachdenklich, während er mit den Augen einer schönen Zigarettenrauchschwade folgte, die in psychedelischen Arabesken gen Himmel aufstieg.

»Ich habe die Angst beim Lesen von Märchen kennengelernt«, sagte Suzanne. »Mein Gott! Ich träume jetzt noch von den Gruselgeschichten über Kinder, die von inkompetenten Eltern im Wald ausgesetzt werden, und undankbaren Prinzessinnen, die Frösche an die Wände knallen.«

»Nicht zu vergessen die arme kleine Seejungfrau, deren Füße bei jedem Schritt schmerzen«, erinnerte sich Henriette, blasser als eine welke Nelke.

»Unsere Mutter hat uns diese Horrorgeschichten jeden Abend mit größter Freude erzählt«, schrie Henriette Suzanne ins Ohr. »Bis sie uns eines Abends im Nachthemd im Schnee gefunden hat, wo wir Mädchen mit den Schwefelhölzern spielten!«

»Wie geht es eigentlich Noémie?«, fragte Umberto.

»Sie berappelt sich«, antwortete Guillaume, ohne weitere Einzelheiten preiszugeben.

Es wurde still um den Tisch. Trinkend und rauchend gab sich jeder seinen Gedanken hin. Pierre träumte nur davon, ins Bett zu gehen. Die Biafine-Creme, mit der er seinen Körper bedeckt hatte, zeigte noch keine Wirkung, außerdem litt er an den

Nachwirkungen seines morgendlichen Schreckens. Schmerz und Erschöpfung verbarg er hinter dumpfer Ausdruckslosigkeit, die man auch für größte Konzentration halten konnte.

»Erinnert ihr euch an die grusligen tschechischen Trickfilme, die wir als Kinder im Fernsehen gesehen haben?«, fragte Ludovic.

»O ja, natürlich erinnere ich mich.« Catherine nickte. »Die Figuren waren so fröhlich wie Macbeth, und wir pressten uns zitternd auf der Wohnzimmercouch aneinander. Damals führten die Künstler uns Kindern ungefiltert ihre abartigsten Phantasien vor und ersparten uns nichts.«

»Das muss doch Spuren bei uns hinterlassen haben«, sagte Ludovic.

Ja. Das hat Spuren bei euch hinterlassen. Kein Zweifel, dachte Pierre. Er fragte sich, warum seine Eltern, die so alt wie Catherine und Ludovic waren und sicher zur selben Zeit dieselben Programme im Fernsehen gesehen hatten, davon völlig unberührt geblieben waren. Er dachte an seine Mutter. Vielleicht war die pragmatische, perfekte Hausfrau und Mutter von den Marionetten aus dem Ostblock verwirrt gewesen, aber das merkte man ihrem Verhalten nicht an, während die Pettigrews sichtbare Schäden davongetragen hatten.

»Ich bin vor Angst fast gestorben, wenn meine Eltern angefangen haben zu zählen und mir mit Strafen drohten, wenn ich nicht bis drei gemacht hätte, was sie wollten«, erzählte Guillaume.

»Und was ist passiert, wenn du nicht gehorcht hast?«, fragte Catherine.

»Das habe ich nie erfahren. Ich habe immer vorher nachgegeben.«

»Das hat mein Vater auch gemacht«, sagte James. »Viel später hat er mir gestanden, dass er gebetet hat, ich möge gehorchen, denn er wusste genauso wenig wie ich, was nach diesem furchtbaren Ultimatum geschehen würde! So schade, dass ihr ihn nicht mehr kennengelernt habt. Er war ein guter Kerl. Stimmt's, Henriette?«

»Ja, der Mann war verrückt nach mir.«

James ergriff zärtlich die Hand seiner Frau.

Pierre wendete den Blick ab. Der Anblick des alten Ehepaars Pettigrew, das so unverhohlen flirtete, war ihm unangenehm. Er hielt die Liebe für das alleinige Privileg der Jugend. Seine Eltern hatte er nie Händchenhalten oder sich küssen sehen. Für ihn waren sie eher die Chefs eines Familienunternehmens, das große Gewinne erzielte, und das war auch gut so. Während Ludovic die Jetons für ein Pokerturnier sortierte und stapelte, schob Pierre posttraumatische Erschöpfung vor, um zu verschwinden. Ohne echten Grund war er plötzlich deprimiert. In ihm mischte sich Scham mit bösen Gedanken, deren Ausbreitung er lieber durch Schlaf stoppen wollte.

Isabelle fuchtelte mit den Armen, um die hartnäckige Mücke zu vertreiben, die ihr Ohr umschwirrte. Sie verfehlte ihr Ziel und verpasste Pierres Bauch einen hörbaren Schlag. Ohne wach zu werden, knurrte er und drehte ihr den Rücken zu. Sie beschloss, aufzustehen und Luft zu schnappen. In der Küche lag das Heft mit den *Erfindungen 2015* auf dem Tisch. Sie setzte sich, machte eine Zigarette an und begann auf einem leeren Blatt im komplizierten Stil ihres Neffen eine Maschine zum Verlieben zu zeichnen. Sie arbeitete lange daran, um keine Einzelheit zu übersehen, denn der pingelige Benjamin würde die geringsten Schwachstellen der Vorrichtung aufspüren. Ein Roboter-Engelchen, das mit einem mechanischen Arm und einer Elektrobatterie ausgestattet war, strahlte Wellen aus – auf dem Plan durch Zickzacklinien dargestellt –, die in das Gehirn eines Mannes im Anzug eindrangen. Ihm gegenüber hielt eine junge Frau im Minirock mit gestreckten Armen einen Gefühlsstaubsauger in der Form einer Möhre. Im Längsschnitt offenbarte der Schädel des Mädchens einen komplizierten Mechanismus, zu dem unter anderem eine Tränenpipette und eine Wasserspülung gehörten, die die Angst wegspülte.

Isabelle signierte ihr Werk, schloss das Heft und ging in den Garten. Sie ging am Hühnerhof entlang und nahm dann den Weg zur Weide des alten Hermann. Als sie einen ungewöhnlichen Lichtschein bemerkte, ging sie weiter bis zum Ende des sanft ansteigenden Feldes. Von dort oben sah man hinunter auf das Haus, den Anbau von Bo-Bae und die Wiesen ringsum. Das kleine Leuchten kam hinter einem Baum hervor, als spiegelte sich der Mond in einem Taschenspiegel.

Neugierig schlich sich Isabelle an und stand plötzlich vor Henriette, bleich und feierlich in ihrem Axilette-Schlafanzug. Sie hatte ein Fernglas um den Hals und starrte ihre Enkelin mit dem wütenden Blick einer Eule entgegen, die in ihrem Tun gestört wird.

»Henriette!«, rief Isabelle, angenehm überrascht, sich ihrer Großmutter und nicht dem Stier Mingus gegenüberzusehen. »Was machst du hier?«

»Ich spioniere James nach.«

»Wo ist er denn?«, fragte Isabelle gespannt.

»Bei Bo-Bae.

»Was? Um diese Zeit?«

»Der alte Narr wird tief fallen, darauf kannst du dich verlassen«, sagte Henriette im Brustton der Überzeugung.

»Was macht er denn bei ihr? Gib mir mal das Fernglas.«

Sie richtete das Fernglas auf den Anbau und sah im weißen Mondlicht die Gestalten ihres Großvaters und Bo-Baes, die vor der kleinen Wohnung der jungen Frau auf einer Bank saßen. Von weitem schienen sie sich brav zu unterhalten.

»Er schreibt ihr idiotische Haikus, die er jeden Morgen in ihren Briefkasten steckt. Ich habe das zum Sommeranfang zufällig entdeckt, und seitdem beobachte ich ihn.«

»Haikus?

»Ich habe die letzten abgeschrieben, falls es dich interessiert. Da«, sagte Henriette und zog angewidert ein gefaltetes Blatt aus der Tasche ihres Pyjamas.

»Meinst du?«, zögerte Isabelle, die darauf brannte, James' Verse zu lesen.

»Los«, schimpfte Henriette. »Der erbärmliche Kerl ist dabei, den letzten Rest seiner Würde zu verlieren. Aber ich werde da sein, um ihn aufzufangen, wenn er abstürzt«, versicherte sie mit tragischer Miene.

Isabelle faltete den Zettel auseinander und leuchtete mit ihrem Telefon darauf, um das wütende Gekritzel ihrer Großmutter zu entziffern.

»Lies vor«, verlangte Henriette. »Das ist Gold wert, glaub mir.«

Ihre seidigen Augen
Ich sehe sie
Sie betrachten mich wenn ich allein bin.

»Scheiße!«, flüsterte Isabelle.

»Weiter!«, verlangte Henriette in rachsüchtigem Ton.

In einer lackierten Dose
Verziert mit Sonnenschirmen und Reissplittern
habe ich ihr Bild versteckt.

»Das ist nicht schlecht, oder? Ehrlich, Henriette, gib zu, das ist ziemlich gelungen.«

Ihre Hand auf meinem Bein
Ich erinnere mich
Nicht so berauscht.

Isabelle saß ziemlich in der Klemme. Einmal mehr bestätigte James seinen Status eines großartigen Mannes, egal was Henriette meinte, die ihm mit dem Fernglas vor der Nase weiter nachspionierte.

»Hast du gesehen, ob sie sich küssen?«, wagte Isabelle zu fragen.

»Nein. Ich vermute, dass Bo-Bae nicht die geringste Lust hat, sich von diesem lüsternen Greis abknutschen zu lassen.«

Isabelle fand den Schmerz ihrer Großmutter herrlich und überlegte, dass sie sich gegebenenfalls genauso verhalten würde.

»Also gut, ich gehe wieder ins Bett«, sagte sie. »Und ich würde mich freuen, wenn du mit mir reinkommst. Wenn du hier allein mit dem umherstreifenden Stier bleibst, mache ich kein Auge zu.«

Isabelle brachte Henriette in ihr Schlafzimmer. Als sie später im Bett lag, las sie noch einmal James' japanische Gedichte und sorgte sich um die alte Dame, die es, so fürchtete sie, nicht lange ertragen würde, dass sie der Mann ihres Lebens so hinterging. Isabelle dachte über eine Lösung nach und schlief schließlich darüber ein, eine Hand ganz zart auf dem kostbaren Familienschmuck von Pierre Réveillon.

5

Pierre stand früh auf und traf in der Küche Umberto, der allein frühstückte und dabei Radio hörte. Er hatte sich in Schale geworfen, duftete nach Aftershave und trug ein türkisfarbenes, edel zerknittertes Hemd über enganliegenden goldgelben Hosen. Der Italiener schlug ihm einen Spaziergang durch das Dorf vor. Pierre freute sich. Das war die ideale Gelegenheit, ihn ohne Zeugen auszufragen, wie er vorgegangen war, um sich erfolgreich bei den Pettigrews festzusetzen.

Pierre hatte Umberto viel beobachtet. Er redete wenig, war aber sehr präsent und aufmerksam. Ludovic liebkoste ihn unaufhörlich mit Blicken, als würde er ihm schon nachtrauern, wie man eine Sternschnuppe verschwinden sieht, ehe man einen Wunsch formuliert hat. Umberto hatte es geschafft, einen Pettigrew kleinzukriegen. Das war verdienstvoll und interessant.

Sie parkten vor der Dorfkirche, gingen kurz zum Lebensmittelladen und dann zum Bäcker. Umberto schien überall bestens bekannt zu sein. Die Bäckerin bediente ihn mit dem Respekt, der einem Prinzen in der Sommerfrische gebührt, und im Zeitungsladen holte man ein Exemplar des *Corriere della Sera* unter dem Ladentisch hervor, das man extra für ihn aufgehoben hatte. Das Foto des mitten im Koitus verstorbenen Ministers prangte auf allen Titelseiten. Pierre kaufte drei verschiedene Zeitungen, um wieder auf dem laufenden zu sein. Auf der Dorfstraße wurde angeregt geplaudert. Pierre spitzte die Ohren und stellte fest, dass der Politiker mit seinen speziellen Vorlieben deutlich hinter Mingus, dem flüchtigen Stier, zurücktrat, den man überall gesehen haben wollte, aber nirgends gefunden hatte. Für den Pariser Journalisten, der Pierre auch im Urlaub blieb, war diese Wahrnehmung eine Lektion in Demut.

Nachdem Umberto seine Besorgungen erledigt hatte, schlug er Pierre vor, vor dem Dorfbistro etwas zu trinken. Sie setzten sich in den Schatten eines Werbesonnenschirms und bestellten Kaffee.

»Ich weiß nicht einmal, was Sie beruflich machen«, sagte Pierre. »Wenn ich Isabelle richtig verstanden habe, sind Sie im Kunstbereich tätig.«

»Die liebe Isabelle! Sie hat gute Gründe, bezüglich meiner Tätigkeit vage zu bleiben. Dabei weiß sie genau, was ich mache. Ich vermute, sie ist mir gram.«

»Warum?«, fragte Pierre höchst interessiert.

»Vor zwei Jahren habe ich ihr angeboten, für mich zu arbeiten. Ich bereitete eine Ausstellung für ein Museum in Mailand vor und brauchte eine Assistentin, weil meine in Elternzeit war. Das ist nicht gut gelaufen, und wir haben es bei dem einen Mal belassen.«

»Warum ist es nicht gut gelaufen?«

»Isabelle ist unfähig, sich anderen Regeln als denen der Pettigrews zu beugen. Sie haben sicher schon festgestellt, dass sie nur mit dem Finger schnipsen muss, und die Kerle stehen Schlange. Das ist unglaublich!« Umberto sah Pierre an, der plötzlich verlegen wurde. »Das sollte ich Ihnen vielleicht nicht sagen.«

Pierre steckte die Bemerkung ein, ohne mit der Wimper zu zucken. Er wusste, dass Isabelle vor ihm ein sehr erfülltes Leben gehabt hatte, trotzdem war es nicht besonders angenehm, von Umberto daran erinnert zu werden.

»Schockiere ich Sie?«, fragte der Italiener und versenkte einen Zuckerwürfel in seinem Kaffee.

»Ich mache mir keine Illusionen«, log Pierre.

»Ich bin vielleicht etwas hart. Eigentlich ist sie ein reizendes Mädchen. Wenn Sie ihr jeden Tag etwas Neues bieten, haben Sie gewonnen.«

»Ich sehe das nicht so. Ich glaube eher, dass sie Ruhe braucht und dass ich fähig bin, sie zu beruhigen.«

Umberto seufzte und verdrehte die Augen.

»Sie meinen, ich mache mir etwas vor?«, fragte Pierre.

»Ja. Wenn Sie das wirklich glauben, kann ich Ihnen versichern, dass Sie der Verrückteste von uns allen sind. Diese Familie ist ebenso brillant wie unersättlich. Da muss man ständig in Form sein.«

»Guillaume meinte, dass nicht ich sie bezirzen muss, sondern sie mir zu gefallen haben.«

»Das sehe ich ganz anders«, widersprach Umberto. »Haben Sie *Sonja* gelesen, Barbaras Roman?«

»Noch nicht.«

»Dann lesen Sie ihn«, empfahl er und trank seinen Kaffee mit einem Schluck aus. »Er ist sehr gut und enthält außerdem die Essenz des Pettigrew-Geistes. Er wird Ihnen helfen zu verstehen.«

»Und wie machen Sie es mit Ludovic?«

Umberto atmete tief ein und streichelte seinen türkisglänzenden Oberkörper.

»Ludovic ist ein anspruchsvoller Mann. Ich betrüge ihn gelegentlich, um etwas Luft zu holen und ihn zur Ordnung zu rufen.«

»O là là, Messieurs, ist das ein Geheimtreffen?«, brüllte Philippe und ließ seine Pranke auf Umbertos Schulter fallen.

Der Italiener erzitterte vor Schreck. Pierre wurde klar, dass er viel weniger entspannt war, als er vorgab.

Philippe bestellte sich ein Glas Rosé und sah sich pfeifend um.

»Catherine und Sie sorgen für einigen Wirbel mit Martials Stier«, sagte er dann zu Pierre. »Da habt ihr ein schönes Durcheinander angerichtet. Ich sage Ihnen eins: An so was müssen Sie sich gewöhnen, wenn meine Frau in der Nähe ist. Aber keine Sorge, das kommt mit der Zeit. Am Ende stellt man fest, dass man es gar nicht anders haben will.«

Schweigend und versonnen saßen sie eine Weile auf der sonnenüberfluteten Terrasse. Pierre, der sich seit seiner Ankunft bei den Pettigrews Schritte überlegte und wieder verwarf, das Für und Wider abwog, im Blindflug von heiß nach kalt und von der Hölle ins Paradies wechselte, grübelte vor sich hin. Dann wurde die komplizierte Pettigrew-Akte stillschweigend geschlossen, und die drei Angeheirateten beendeten den Vormittag mit Gesprächen über die Hundstage, Stiere und italienische Autos.

Barbara betrachtete sich von der Seite im Spiegel und streichelte ihren Bauch. Sie war schwanger, aber man sah es noch nicht, und sie fühlte sich gut. Mit Freude rief sie sich den Abend ins Gedächtnis, an dem das Kind gezeugt worden war. Guillaume hatte seinen nackten Körper mit einem entzückenden Pfauenschwanz geschmückt und seine Schultern mit einem Tierfell bedeckt, bevor er sie mit dem Röhren eines Hirsches auf dem Werkstatttisch nahm. »Diesmal versuchen wir einen Hiver zu zeugen«, hatte er ihr vorgeschlagen, während er sie entkleidete. Keine gute Idee, wenn er gehofft hatte, keinen Pettigrew zu zeugen, dachte Barbara und lächelte ihrem Spiegelbild zu.

Sie setzte sich an den Schreibtisch und schlug ihr Manuskript auf der ersten Seite von Kapitel fünf auf. Sie las das Kapitel noch einmal durch, korrigierte wacklige Sätze und suchte Alternativen für schwerfällige Ausdrücke. Ihr Verleger hatte sie gewarnt. Ein erster Roman weckt die Aufmerksamkeit der Kritiker, die fürchten, ein neues Talent zu übersehen; die Veröffentlichung des zweiten ist viel heikler. Sie durfte sich also auf keinen Fall vertun. Bei *Sonja*, ihrem kaum geschminkten Avatar, hatte sich Barbara mit beherzter Klarheit ihrer Kindheit gewidmet. Als Pettigrew aufzuwachsen, war gar nicht so einfach gewesen, wie man glauben konnte, und mit ihrem Buch hatte sie ein paar Rechnungen beglichen. Andererseits hatte sie aber auch große Freude daran gehabt, ein schönes Familienporträt zu entwerfen, in dem sie Namen, Orte und Daten änderte, ohne bei den Gefühlen zu mogeln. Wenige Tage vor dem Druck des Textes packte sie die Panik bei dem Gedanken, die Pettigrews zu kränken, und sie bekam Angst vor der Verantwortung, die alle Schriftsteller übernehmen müssen. Doch schließlich konnten James, Henriette und die anderen sich selbst ins Gesicht blicken, und sie rührte ihren Text nicht mehr an, sondern veröffentlichte ihn so, wie er war. Zu ihrer großen Erleichterung versteiften sich nach der Veröffentlichung alle darauf, sich in den Porträts, die sie von ihnen gezeichnet hatte, nicht wiederzuerkennen. Nur Isabelle hatte ganz unschuldig ein Paar rote Pumps erwähnt, die ihr im wahren Leben gehörten und die Barbara unvorsichtigerweise ihrer Romanfigur angezogen hatte. Sie staunte über die Begeisterung und Feinfühligkeit ihrer Familie. Ein wenig beschämt schwor sie sich, nie mehr über sie zu schreiben.

Ein Buch zu veröffentlichen, hat auch andere, deutlich unangenehmere Konsequenzen. Zum Beispiel verlor sie mehrere Freunde, die ihren Erfolg nicht ertrugen. Nach zehn Jahren als unauffällige Hausfrau und Mustergattin eines Tierpräparators war sie binnen weniger Monate zur vielversprechenden Autorin geworden, von der im Feuilleton geschrieben wurde und deren Namen im Internet Tausende Treffer brachte. In ihrem Umfeld waren gescheiterte Pläne, erloschener Ehrgeiz und verlorene Illusionen an die Oberfläche gestiegen wie Ertrunkene, die man auf ewig von der Tiefe verschlungen gewähnt hatte. Fassungslos und enttäuscht hatte sie die Verwüstungen der Eifersucht kennengelernt und als entsetzlich ungerecht empfunden. Sie ließ sich trotzdem nicht entmutigen und schrieb weiter, schließlich fühlte sie sich dazu berufen. Die Unterstützung der Pettigrews gab ihr gewaltigen Auftrieb und kompensierte die Unwägbarkeiten ihres gesellschaftlichen Lebens. Als *Sonja* erschien, hatten Henriette und James fünfzig Exemplare bestellt und mit größtem Eifer bis nach England gestreut. Isabelle erzählte in jeder Bar, die sie besuchte, vom Buch ihrer Schwester, und Ludovic legte einige Exemplare gut sichtbar in seinen Warteraum, wild entschlossen, sie sich stehlen zu lassen.

Tag für Tag entdeckte Barbara nun von neuem das Glück, zu schreiben und sich allein von der Phantasie leiten zu lassen. Wie durch ein Wunder flogen ihr die Szenen zu, und sie musste sie nur so beschreiben, wie sie sie sah. Ralph Loumy, ihre Hauptfigur, dreht haufenweise Pornofilme und will unbedingt ein Romanheld werden. Er taucht von früh bis spät im Alltag der Erzählerin auf und versucht sie zu überzeugen, dass er derjenige ist, auf den sie wartet. Er bedrängt sie und rühmt die Qualität von *Hôtesses de jour*, einem Kultfilm aus den Neunzigern, von dem er in Sex-Shops Tausende Kopien verkauft hat. Barbara las gerade den letzten Satz ihres Kapitels, als es leise an ihre Tür klopfte.

»Darf ich?«, flüsterte Isabelle.

»Natürlich«, antwortete Barbara und drehte sich auf ihrem Schreibtischstuhl um.

»Ich muss dringend mit dir reden. Störe ich dich auch nicht?«

»Überhaupt nicht. Komm rein.«

Isabelle legte sich auf das Bett und sah ihre Schwester an.

»Du wirst immer schöner. Komisch, du streichelst deinen Bauch wie eine Schwangere.«

»Ja, das ist in der Tat komisch«, sagte Barbara, die sich die Dreimonatsregel auferlegt hatte, bevor sie der Familie die Neuigkeit verkündete. »Was ist los?«

»James schreibt Bo-Bae Haikus, und Henriette weiß davon. Sie versteckt sich nachts auf der Weide des alten Hermann und beobachtet die beiden mit dem Fernglas.«

»Unmöglich«, rief Barbara fassungslos. »James und Bo-Bae? Das ist doch Unsinn!«

Sie lachte schallend und hüpfte auf ihrem Stuhl.

»Ich finde das gar nicht witzig. Henriette leidet! Wir müssen diesem Theater unbedingt ein Ende machen.«

»Du hast anscheinend schon eine Idee.«

»Mir fiel heute Nacht etwas ein, ich weiß aber nicht, ob das machbar ist.«

»Sag trotzdem.«

»Es ist noch nicht spruchreif. Ich erzähl's dir später. Auf jeden Fall müssen wir irgendwas finden, das ihr James' Gegenwart unerträglich macht, damit sie abreist.«

»Gar nicht so einfach«, sagte Barbara. »James ist ein unwiderstehlicher alter Beau. Lass mich ein bisschen überlegen. Allerdings bezweifle ich, dass Bo-Bae daran denkt, mit ihm durchzubrennen.«

»Unwichtig! Henriette ist davon überzeugt, und nur das zählt.«

Die Schwestern dachten schweigend nach.

»Was hältst du eigentlich von Pierre?«, fragte Isabelle dann und holte eine Zigarette aus der Schachtel.

»Kannst du bitte hier nicht rauchen?«

»Ehrlich mal, du nervst wirklich wie eine Schwangere.«

»Dein Réveillon gefällt mir. Er ist schön, schüchtern und sehr zuvorkommend. Aber das reicht nicht zum Heiraten. Warum gerade er?«

»Weil er vögelt wie ein Gott und weil er mich zum Lachen bringt. Zum ersten Mal finde ich diese beiden Eigenschaften bei einem Mann vereint.«

»Ich kenne noch einen«, sagte Barbara und schloss die Augen.

»Schon an meine Schwester vergeben.«

Barbara legte sich neben Isabelle auf das Bett.

»Rauch ruhig«, sagte sie.

Isabelle zündete ihre Zigarette an und zog gierig daran.

»Stimmt es, dass du eine Sexgeschichte schreibst?«

»Ja. Apropos, ich brauche etwas Aufklärung.«

»Was möchtest du wissen?«, fragte Isabelle plötzlich sehr ernsthaft.

»Ich war noch nie bei einer Sexorgie. Außerdem habe ich mir diese bescheuerten Gadgets angesehen, die man im Internet findet, und ich muss gestehen, dass ich nicht mal begreife, wozu sie da sind.«

»Hast du so was noch nie ausprobiert?«, rief Isabelle fassungslos.

»Ich habe eine Phobie gegen Sachen, die mit Batterie funktionieren. Da hätte ich immer Angst vor einem Kurzschluss.«

»Nein! Du machst Witze! Ich zeige es dir, ich habe was im Koffer. Und keine Sorge, das hat nichts mit Benjamins absurden Maschinen zu tun.«

»Mir sind Pfauenschwänze lieber«, sagte Barbara verträumt. »Und Hirschgeweihe. Findest du das nicht erotischer als Sexspielzeug mit Suchkopf?«

»Nicht jeder hat das Glück, einen Tierpräparator als Mann zu haben, meine Liebe. Liest du mir was aus deinem Manuskript vor?«

»Na klar.«

Gott, bin ich alt, dachte Henriette und schüttelte ihre Kopfkissen auf. Sie knickte die Seite ihres Buches um und beobachtete lange eine kleine bauschige Wolke, die mitten am Himmel stand. Sie war schlecht gelaunt aufgewacht und hatte gehofft, durch eine erfreuliche Lektüre ihre gute Laune wiederzufinden, deshalb hatte sie sich einen Roman aus ihrem Bücherregal geholt, von dem sie so gut wie alles vergessen hatte. Sie wusste nur noch, dass er sie vor mehr als dreißig Jahren sehr amüsiert hatte. Henriette benutzte die Bücher wie Medizin. Sie heilten ihre Schwermut und schützten sie vor den schlimmsten seelischen Erkrankungen. Sie war überzeugt, dass die Literatur fast alle Fragen beantwortete, die sie sich je gestellt hatte, und sie vor den Verwüstungen von Rassismus, Antisemitismus, Individualismus, Homophobie und diversen anderen üblen Versuchungen rettete, denen das zwanzigste Jahrhundert sie ausgesetzt hatte. Seit einigen Jahren war der Tod ihre größte Sorge geworden, und sie bereitete sich darauf vor, indem sie sehr lustige englische Romane wiederlas, in denen es von komischen Gespenstern wimmelte, zu denen sie sich bald gesellen würde. Henriette Pettigrew hatte nicht die Absicht, sich oder ihren Mitmenschen einen erbärmlichen Todeskampf zuzumuten. Sie hatte das Leben sehr geliebt und würde voller Anmut, im Axilette-Pyjama und mit all ihren Ringen an den Fingern abtreten.

Sie betrachtete die feinen gewundenen Adern unter der Haut ihrer langen Hände, dann dachte sie an

James. Er war vor ihr aufgestanden, um seine Hühner zu füttern, und hatte bestimmt seine lächerlichen Gedichte in Bo-Baes Briefkasten gesteckt. Der idiotische Greis glaubte nicht an sein Alter und sprach darüber, als wäre es ein schlechter Witz. Das konnte sie ihm nicht übel nehmen, denn sie teilte seine Starrköpfigkeit. Ihr welker Körper war ein aufgezwungenes Kostüm, das ihre unversehrten Jungmädchengefühle verhüllte. Henriette war verrückt nach ihrem verblühten Engländer, mit dem sie noch bis vor zehn Jahren geschlafen hatte. Mehr amüsiert als verärgert überlegte sie sich, dass ihre entsetzliche Eifersucht im Grunde ein ermutigender Ausdruck von Lebenskraft war.

Durch das offene Fenster hörte sie Catherines schrilles Lachen und das theatralische Geschwafel von Ludovic. Wahrscheinlich erzählte er seiner Schwester die letzten Episoden seines Liebeslebens. Eine große Welle von Zärtlichkeit für ihre Kinder stieg in ihr auf. Auch sie alterten, ziemlich gut, wie sie fand, und sie freute sich, dass sie ihnen die Gabe mitgegeben hatte, über alles zu lachen. Dann dachte sie an Isabelle, die sie mit Fragen zur Familiengeschichte bestürmte. Wider Erwarten entwickelte sich ihre jüngste Enkelin neuerdings zur hartnäckigsten Chronistin der Pettigrew'schen Nachkommenschaft. Im Verlauf von Isabelles Verhören war Henriette klar geworden, dass ihr Leben nichts Außergewöhnliches hatte, wenn man nur von Fakten und Daten ausging. Dennoch war es einzigartig gewesen und war es noch immer.

Abgesehen von wenigen griesgrämigen Tagen wachte sie seit zweiundachtzig Jahren jeden Morgen mit der gleichen Begeisterung auf. Alles erfreute sie, sie wollte noch so viel sehen und erfahren. Mit unendlicher Freude lauschte sie Catherine, die ihre revolutionären Pantys anpries, schaute sie auf Ludovic, der sich wie eine zickige Diva in den Hüften wiegte, hörte sie Umberto über Malerei reden und sah sie die Hiver-Kinder ganz nach den Älteren kommen. Immer noch amüsierte sie sich über alles, sogar über Suzanne, die an ihr klebte wie eine Muschel an ihrem Felsen, und James, der einer asiatischen Studentin skandalöse Gedichte schrieb.

Sie hörte Autotüren knallen, dann die Stimmen von Umberto und dem jungen Réveillon. Was war von diesem Neuankömmling zu halten? Er wirkte etwas orientierungslos, die Natur war ihm fremd, und seine verlorene Miene, wenn er im ganzen Haus nach seiner Geliebten suchte, war geradezu rührend. Er würde sein Leben damit zubringen, hinter Isabelle herzurennen, die ihm wie ein kleiner Aal zwischen den Fingern hindurchwitschen würde. Ich hoffe, das ist ihm klar, dachte Henriette und stand auf. Auf jeden Fall sind die beiden so gegensätzlich, dass ihre Ehe interessant werden dürfte, überlegte sie, während sie ihren Kleiderschrank öffnete.

Henriette vertrieb den Blues, indem sie neben der Lektüre auch ihre Kleidung sorgfältig auswählte. Sie schwankte zwischen einer Tunika mit indischen Motiven in Lila und Gelb und einem goldbraunen

Kleid, dann verschwand sie im Bad, um sich in der Stille der langen Anprobe hinzugeben, die ihrem allmorgendlichen Auftritt vorausging.

»Man muss es so machen wie die Natur. Sich nicht mehr bewegen und warten, dass es vorbeigeht«, sagte James, zu Bo-Bae, die über die Hitze stöhnte.

Knallrot, aber mit akkurat geschlossenem Hemd, kühlte sich James bei der koreanischen Studentin ab, nachdem er in der Bruthitze sein Geflügel gefüttert hatte. Aus dem Fenster beobachtete er den Hühnerhof.

»Finoreille ist in Quarantäne«, sagte er mit Blick auf ein kümmerliches Huhn, das einsam neben dem Zaun herumpickte.

»Finoreille, das bin ein bisschen ich«, sagte Bo-Bae und streichelte James' Schulter.

»Du kannst nicht den Kuchen essen und ihn auch behalten, meine Hübsche.« Manchmal klang noch immer seine Muttersprache durch.

»Glaubst du, sie wissen Bescheid?«

»Henriette ganz sicher, sie legt ihr Fernglas nicht mehr aus der Hand. Die anderen ... vielleicht. Vielleicht auch nicht.«

Bo-Bae legte sich seufzend auf das Sofa. Henriettes Geschnüffel beunruhigte sie ebenso sehr, wie die Allgegenwart der Axilettes und Hivers, die sich offenbar den ganzen Sommer hier festsetzten. Ihre vulgäre Art brachte sie zur Verzweiflung, und ihr Sinn für Humor ließ sie eiskalt. James war anders. Er hatte sie von Anfang an fasziniert, und sie hatte Angst, ihn zu verlieren. Eigentlich faszinierte sie vor allem James' Faszination für ihre Person. Der alte Engländer schmeichelte ihr und gab ihr das Gefühl, eine Ikone, eine wunderbare Erscheinung, eine Auserwählte unter allen Frauen zu sein. Er verhätschelte sie wie ein Wettkampfhuhn, schrieb ihr erlesene Gedichte, legte für sie die größten Eier zurück und bedeckte sie mit Liebesworten anstelle von Liebkosungen. James' Alter war für Bo-Bae kein Problem, sie präsentierte sich gern als kleines Wunderkind. Rückhaltlos ließ sie ihre Reize vor ihm spielen, wie man es vor seinem Spiegel tut. Sie hatte keine Gewissensbisse und verstand nicht, dass die Pettigrews sie auf Abstand hielten, wo sie James doch die Achtung zurückgab, die das Alter ihm genommen hatte. Henriette sollte ihr dankbar sein. Stattdessen warf ihr James' Ehefrau Blicke zu, in denen ein Fluch lag, und schmiedete womöglich senile Rachepläne, während sie sie durch das Fernglas beobachtete. Das war ungerecht.

Durch Bo-Baes Fenster sah James, wie Catherine und Ludovic am Tisch diskutierten. Sie gestikulierten heftig, das hatten beide schon als Kinder gemacht. Dann stiegen Pierre und Umberto aus dem Wagen. Später tauchte Henriette auf, in ihr indisches Kleid wie in tausend Schleier gehüllt, und begrüßte sie mit offenen Armen. Natürlich liebte er sie alle. Und er liebte auch Bo-Bae. Aber im Unterschied zu den Angeheirateten, die in der Familie Wurzeln geschlagen hatten, erlebte die junge Frau leider eine ganz organische Abstoßung. Die Exzentrik der Pettigrews hatte Grenzen. Keine Aufdringlichen und keine Trauerklöße, betonte Suzanne immer wieder, und vor allem kein unnötiges Leid. James hatte Henriette betrogen, und auch sie hatte Abenteuer gehabt, ohne großes Theater, nur um sich zu bestätigen, dass sie auch woanders zählten. Ebenso wie sich Catherine ein Jahr lang heimlich mit Gérard Martial auf der Weide des Stieres getroffen hatte oder Umberto mit seinen durchreisenden Liebhabern und Philippe mit seiner Winzerin. Bald würde Isabelle den Staffelstab übernehmen, sie konnte sich gewiss nicht mit dem jungen Réveillon begnügen. Aber so wie der Jokariball an seinem Gummiband oder der Bumerang verloren die Pettigrews niemals ihr Gravitationszentrum und kehrten stets in den Schoß der Familie zurück, bevor irreparable Schäden entstanden. Mit Bo-Bae würde es ebenso sein. Er könnte wetten, dass sie nach dem absehbaren Verschwinden der Koreanerin mit Nostalgie und viel Zuneigung über ihre Kuhfladen-Desserts, ihre Angst vor den Hühnern und ihr kleines schrilles Lachen sprechen würden, das sie hinter der vorgehaltenen Hand verbarg. James sah Suzanne entschlossenen Schrittes in Richtung Hühnerhof gehen und hörte sie seinen Namen rufen. Er schlug Bo-Bae vor, mit ihnen Mittag zu essen. Mürrisch und schmollend lehnte sie mit einem Kopfschütteln ab.

Noémie Hiver drehte wieder mal durch, das war offensichtlich. Alle am Tisch betrachteten sie ratlos.

Sie hatte seit dem Vortag nichts gegessen, ein Fasten, das ihr wohl das Streben nach Heiligkeit auferlegte.

»Hast du keinen Hunger?«, fragte Suzanne, die mühsam ihren Ärger verbarg. In der ganzen Familie hatte sie vielleicht am wenigsten Verständnis für Kinder. Sie selbst hatte keine und behandelte die Urenkel ihrer Schwester als schändlich verwöhnte und etwas debile Miniaturerwachsene. Außerdem war sie für die Küche verantwortlich und gekränkt, dass die selbsternannte Heilige ihr Hackfleisch verachtete.

»Ich will keine Tiere mehr essen«, sagte Noémie.

Guillaume runzelte die Stirn. Das war ein gefährliches Thema für ihn, der sein Leben damit zubrachte, verstorbene Tiere auszunehmen.

»Und warum nicht?«, fragte er seine Tochter ruhig.

»Martials Stier wird sich rächen«, antwortete sie mit prophetischer Stimme, die die Pettigrews aufhorchen ließ.

»Wofür?«, säuselte Barbara.

»Er wird die Tiere rächen, die ihr getötet habt, um sie zu essen«, erwiderte die Kleine sibyllinischer denn je und schob ihren Teller zurück. »Ich habe ihn heute früh getroffen, und er hat zu mir gesprochen.«

»Wer? Der Stier?«, fragte Ludovic entsetzt. »Du hast ihn gesehen?«

»Ja.«

Alle versuchten, sich ihre Panik nicht anmerken zu lassen. Der ganzen Tischrunde stand das Bild von Noémie mit dem Stier vor Augen.

»Nicht direkt gesprochen«, fügte sie mit einem unerträglichen Lächeln hinzu, »aber ich habe in seinem Blick gesehen, was er sich wünscht. Ich soll aufhören, seinesgleichen zu essen.«

»Wo war er?«, fragte Barbara und streichelte ihren Kopf.

»Auf dem Weg zum Türmchen, neben dem Silo. Er hat dort geweidet.«

»Hattest du da etwas Bestimmtes vor?«

»Ja. Suzanne hat mich losgeschickt, um Löwenzahn zu holen.«

Alle Blicke richteten sich auf Suzanne. Pierre fühlte um sich herum etwas Belastendes, Unausgesprochenes, einen Strom der Verzweiflung, deren Ursprung er nicht verstand.

»Na gut«, rief Guillaume fröhlich. »Das ist deine Entscheidung. Eigentlich hast du nicht unrecht. Wenn man den Hühnern Namen gibt, hat man keine richtige Lust mehr, sie vor sich auf dem Teller enden zu sehen, oder?«

Pierre, dem Noémies Ernährung herzlich egal war, nutzte die Gelegenheit, um die Frage zu stellen, die ihn seit Beginn seines Aufenthalts beschäftigte.

»Woher kommt eigentlich dieser besondere, leicht bittere Beigeschmack in all Ihren Gerichten, Suzanne? Es schmeckt sehr gut, wirklich!«, fügte er schnell hinzu, als sich der Blick der alten Dame misstrauisch auf ihn richtete.

»Kaffee?«, fragte Catherine und stand auf. »Suzanne, hilfst du mir?«

Henriette wartete, bis die beiden Frauen im Haus verschwunden waren, dann wandte sie sich mit leiser Stimme an Pierre.

»Suzanne hat ein Jugendelixier erfunden. Es ist ein Geheimrezept, ein Sud, den sie ihren Soßen und der Vinaigrette beifügt. Am Anfang hatten wir ehrlich gesagt alle Angst, dass wir dran glauben müssen. Das ist lange her, und, na ja, wir sind immer noch da!«, sagte sie lachend.

»Sie hätten sich vergiften lassen?«, fragte Pierre verblüfft.

»Ohne zu zögern!«, rief Barbara.

Riesige Wut stieg in Pierre auf. Er war bereit, für die schönen Augen von Isabelle eine Menge hinzunehmen, aber nicht, dass man ihm an die Innereien ging, ohne ihn um Erlaubnis zu fragen. Die Pettigrews waren verrückt, jetzt hatte er endlich Gewissheit. Voller Panik sah er zu Noémie in ihrem weißen Märtyrerkleid, die stumm mit ihren Ektoplasmen verhandelte. Neben ihr genoss Henriette seelenruhig ihre Arsen-Vinaigrette, ein glückliches Opfer der Hexereien ihrer Schwester.

»Macht, was ihr wollt! Aber nicht mit mir!«, brüllte er und warf seine Serviette auf den Tisch.

»Pierre! Entspann dich!«, rief Isabelle und packte ihn am Arm. »Du wirst es ihr doch nicht übel nehmen, dass sie ihre Gerichte mit ein paar harmlosen Gräsern bestreut. Alles ist gut, Liebster!«

»O nein! Auch wenn es so aussieht. Nichts ist gut! Meine Haut löst sich in Fetzen ab, ich wäre beinahe von einem Stier getötet worden, man zwingt mich, Brennspiritus zu trinken und vergiftet mich wie im Mittelalter. Ich bin müde. Du kannst dir nicht vorstellen, wie müde ich bin, Isabelle.«

Unter den verblüfften Blicken der Tischrunde sprang Pierre auf und rannte nach oben in sein Zimmer. Überstürzt packte er seinen Koffer und flog, vier Stufen auf einmal nehmend, die Treppe wieder hinunter. Er ging an den Pettigrews vorbei, die wie mumifiziert auf ihren Gartenstühlen saßen, und verschwand ohne Abschiedsgruß in seinem Wagen.

6

Pierre gab die Adresse des Ferienhauses in der Dordogne in sein Navi ein. Er war fest entschlossen, in einem Ritt durchzufahren. Bald vergaß er den Sonnenbrand, den Muskelkater, seine kostbaren Innereien und genoss jede Sekunde der wiedergefundenen Einsamkeit. Trotzdem rumorte die Wut in ihm. Nun musste er sich wohl ein neues Leben ausdenken, ohne Isabelle und so weit weg wie möglich von diesen unsäglichen Pettigrews. Er hatte von seinen Eltern gelernt, die Zukunft als To-do-Liste anzusehen, die man systematisch abarbeiten muss, vom Dringlichsten zum Nebensächlichen. Anhand von zwei zentralen Punkten orientierte er sich neu. Der eine war sein Job, den er in diesen drei wahnwitzigen Tagen sträflich vernachlässigt hatte, der andere sein Liebesleben, das einer grundsätzlichen Revision bedurfte. Er würde den Rest des Sommers nutzen, um die Redaktion eines umfangreichen Dossiers über die grauen Eminenzen der Politik abzuschließen. Diesem Hintergrundbericht hatte er schon mehrere Wochen gewidmet. Gleich nach der Sommerpause würde er über eine Reihe von Porträts politischer Aktivisten nachdenken. Er wollte vorankommen und ein Buch über seinen Mentor schreiben, einen früheren Politiker, der inzwischen an einer Hochschule lehrte. Ein Verleger hatte sich schon für das Projekt interessiert. Den würde er bald ansprechen und ihm einen Vorschuss abschwatzen.

An der Liebesfront war es komplizierter, aber er machte sich mutig ans Werk, während er in einer Raststätte ein Sandwich aß. Isabelle wäre die Frau seines Lebens gewesen, wäre sie nicht der Sprössling dieser Giftmischerfamilie. Er liebte sie, aber auch seine Vorstellung von der Liebe war sehr réveillon-typisch. In der Waagschale wogen seine heißen Nächte mit Isabelle nicht mehr so schwer wie bei seiner Ankunft bei ihrer Familie. Sie hatte ihm beigebracht, sich beim Sex fast alles zu erlauben, davon würden nun andere profitieren. Die Welt war voll von freizügigen Mädchen, die sich nichts sehnlicher wünschten, als die Erfahrungen, die er mit Isabelle gemacht hatte, mit ebenso viel Phantasie fortzusetzen. Er dachte an Clothilde Hammerbart, eine junge Kollegin aus dem Kulturressort, an ihre endlosen Beine und ihre strahlenden Zähne. Sie aßen manchmal zusammen Mittag, aber er hatte es unterlassen, ihr Hoffnungen zu machen, weil er allzu sehr mit Isabelle beschäftigt war. Fester und entschlossener denn je nahm er sich vor, endlich umzuziehen.

Der Nachmittag war ein Martyrium für die von der Hitze in ihrer Hyperaktivität beeinträchtigten Pettigrews. Das Thermometer erreichte fast vierzig Grad, und die Luft war zu schwer, als dass man das Risiko einging, sie einzuatmen, indem man einen Schritt vor die Tür machte. Die Stimmung war auch durch Pierres überstürzte Abreise getrübt, die man, ohne es auszusprechen, ein wenig theatralisch fand. Alle fühlten sich irgendwie schuldig, bis auf Suzanne, der man die Wirkung ihres Zaubertranks auf den jungen Mann verheimlichte. Warum sollte man sie damit belasten? Die Verantwortung lag bei allen. Es war das Gesamtbild, das Pierre in die Flucht getrieben hatte. Aus Feingefühl gegenüber der armen Isabelle, die durch das Haus schlich und die Nippesfiguren streichelte, als würden sie ihre Schwermut teilen, erinnerte man mit keinem Wort an Matthieu Bertin, der zwei Jahre zuvor ähnlich überstürzt aufgebrochen war. Isabelles Ex war weniger gut erzogen als Pierre und hatte gleich nach seiner Ankunft einen Fauxpas begangen, der ihn teuer zu stehen kam. Der Bassist einer erfolgreichen Rockgruppe hatte die Pettigrews von Anfang an totgequatscht. Die Stimmung hatte sich rasend schnell verschlechtert, und nach kurzer Absprache übernahmen es James und Ludovic, den Aufdringlichen loszuwerden. James erklärte, er wolle den Hühnerstall gründlich reinigen und bat den Angeber, ihm zur Hand zu gehen. Der hatte sich nicht getraut abzulehnen und dann mit der Nase im Kot zwei Tage lang die kleinen Kammern der Legehennen gescheuert. Diese brutale Rückkehr zur Natur wusste er nicht besonders zu schätzen. Außerdem hatte ihn Ludovic mit Zustimmung Umbertos, der sich an dem Schwindel ergötzte, angebaggert. Der Rocker konnte keinen Schritt gehen, ohne Ludovic zu treffen, der ihn umwarb, indem er ihm seitenlang aus seiner Anthologie vorlas. Am Ende hatte sich der arme Kerl davongemacht, und Isabelle hatte ihrer Familie nicht gegrollt, immerhin hatten sie ihr geholfen, den Blender zu durchschauen. Pierre gegenüber hatte man eine andere Haltung. Alle hatten ihn akzeptiert, selbst Benjamin, der sich nicht für die Liebschaften seiner Tante interessierte, aber das Interesse des Neuen an seinen Erfindungen sehr geschätzt hatte.

Catherine lud Isabelle ein, sich in ihrem Zimmer ihr Theaterkostüm anzusehen. Sie fühlte sich besonders schuldig an Pierres Abreise und ergriff den erstbesten Vorwand, um allein mit ihrer Tochter zu sprechen. Catherine wusste genau, was sie für eine Familie waren. Die Welt schenkte ihnen nichts, sobald sie die familiäre Gemeinschaft verließen, und erinnerte sie ständig daran, dass sie unerträglich waren. Hinsichtlich ihrer großen Schnauze und der Schäden, die sie in ihrem Umfeld anrichtete, machte sich Catherine nichts vor. Sie hätte eine scheußliche Schwiegermutter abgegeben, und man konnte es dem armen Réveillon nicht verübeln, dass er ausgestiegen war. Catherine gab ihre Schwächen zu, aber ihre Tochter war auch nicht ohne. Isabelle hielt es mit keinem Jungen lange aus, die meisten wurden nicht mal der

Familie vorgestellt. Barbara hatte Glück gehabt, und dafür, dass sie an den phantastischen Guillaume geraten war, konnte man schon ein paar Dankgebete gen Himmel senden. Frédéric war ebenso unstet und unfähig, sich festzulegen, wie seine jüngere Schwester. Am Vortag hatte Catherine lange mit ihm telefoniert. Er hatte ihr von einer gewissen Fiona Palermo erzählt, aber sie hatte kaum zugehört. Noch so ein Komet, der keine Spur am überladenen Himmel des schönen Frédéric zurücklassen würde.

Catherine holte eine weiße Jacke aus dem Schrank, die mit einer Plastikhülle aus der Reinigung bedeckt war.

»Ich komme gleich wieder«, sagte sie zu Isabelle und verschwand im Badezimmer.

Isabelle lief ziellos durchs Zimmer. Pierre hatte nicht durchgehalten, das war nicht überraschend. Fatalistisch malte sie sich ihre unmittelbare Zukunft und die Rückkehr nach Paris in den dunkelsten Farben aus. Vielleicht sollte sie einige Monate bei den Großeltern bleiben, um zu überlegen und Bilanz ziehen?

Als sie ihre Mutter erblickte, stieß Isabelle einen schrillen Schrei aus. Catherine war in einem Glitzerlook aus dem Bad gekommen, schwang ein Lasso und sah ihre Tochter begeistert an.

»Gefalle ich dir?«, fragte sie und drehte sich.

»Maman, du bist unglaublich!«

Catherine hatte das Outfit eines Rodeo-Cowgirls angelegt, das auch der Zirkus eines Bouglione nicht verachtet hätte. Über einer weißen Lederhose und makellosen Cowboystiefeln trug sie eine Jacke mit langen Fransen, übersät mit unechten roten Glitzersteinen, die wie Weihnachtsgirlanden funkelten. Den schmucken Stetson auf ihrem Kopf zierte ein mit Türkisen gespicktes Lederband.

»Der alte Hermann fand es wunderschön!«, sagte Catherine und stolzierte im Zimmer auf und ab. »Heute früh habe ich ihn im Kostüm trainiert, und er hat sein Bestes gegeben.«

»Du bringst ihn noch um, Maman! Wie alt ist er? Zwanzig? Findest du nicht, dass er es verdient, in Ruhe gelassen zu werden?«

»Du machst Witze! Er liebt das. Seitdem ich ihn reite, ist er zehn Jahre jünger geworden. Das Nichtstun tötet ihn, er langweilt sich auf seiner Wiese. Die Alten verkümmern, wenn man sich nicht mit ihnen beschäftigt. Deine Großeltern sind jung, weil sie sich bewegen. Hermann ist allein, und ich erinnere ihn an seine wilde Jugend. Mach dir keine Sorgen, Isabelle. Also, gefällt dir mein Outfit?«

»Du bist perfekt.«

»Dein Vater findet, dass es mich einschnürt«, sagte sie und schaute in den Spiegel.

Catherine merkte, dass Isabelles Gedanken abschweiften. Sie ging zu ihr und streichelte ihr liebevoll die Wange.

»Nein, Maman, erspare mir den bescheuerten Satz«, sagte Isabelle, bevor ihre Mutter den Mund öffnen konnte.

»Welchen Satz?«, fragte Catherine verblüfft.

»Einen verloren, zehn wiedergefunden. Ich kann das nicht mehr hören. Männer sind nicht so austauschbar, wie man gern glaubt, und Pierre war mir wirklich wichtig.«

Catherine setzte sich neben Isabelle, nahm ihre Hände und sah ihr mit allem Ernst, den sie aufbrachte, in die Augen. Nichts tat sie lieber, als mit ihren Töchtern über Liebe zu reden, auch wenn die Umstände dramatisch waren. Das brachte sie zurück in ihre Jugend, zu ihren grandiosen Anfängen mit Philippe und später ihren ländlichen Ausschweifungen mit Gérard Martial. Die Liebe war ein unerschöpflicher Brunnen und ein gewaltiges Aphrodisiakum, das von Müttern auf ihre Töchter übertragen wurde.

»Erstens hast du ihn nicht verloren. Und zweitens kann ich dir helfen, ihn zurückzuholen.«

»Wie soll das denn gehen?«, erkundigte sich Isabelle, woraufhin das Cowgirl unter dem verrückten Hut mit dem Kopf wackelte.

Etwas ratlos versuchte Catherine zu improvisieren.

»Ich kann ihn anrufen. Ihm sagen, dass du kurz vor dem Selbstmord stehst.«

»Nein«, sagte Isabelle entschieden und seufzte. »Du übertreibst immer! Warum denn gleich Selbstmord?«

»Man kann aus Liebe Selbstmord begehen. Das hat es schon gegeben.«

»Ich gehöre nicht zu der Sorte Mädchen, die sich aus Liebe umbringen. Und Pierre weiß das. Lass uns bitte von etwas anderem reden. Und häng dich da bloß nicht rein, Maman!« Isabelle löste sich aus der mütterlichen Umarmung, stand auf, ging zum Fenster und dachte einen Moment nach. »Glaubst du nicht, dass Noémie die Geilheit spürt, die in dieser Familie herrscht? Vielleicht kommt ihr Heiligkeitswahn daher?«

»Komische Idee! Welche Geilheit meinst du? Ich glaube eher, sie erträgt keine ausgestopften Hirschköpfe.«

»Es ist nicht nur das. Wir müssen wirklich aufpassen. Ich habe ein schlechtes Gefühl.«

Catherine nahm den Hut ab. Mit ihrer zusammengedrückten Frisur glich sie einem Dackel, und Isabelle musste lachen.

»Ich würde gerne ins Freibad gehen, um mich zu abzukühlen. Kommst du mit?«

Catherine war glücklich. Trotz ihrer Eskapaden war die Vertrautheit mit ihren Töchtern unversehrt. Isabelle gab sich rührend Mühe, am Gespräch teilzunehmen, und Barbara, die sich ihnen angeschlossen hatte, strahlte. Alles ist gut, dachte Catherine und rekelte sich auf ihrem Badetuch. Isabelle würde sich von Réveillon erholen, der Geburtstag von Henriette stand vor der Tür, und sie war bereit für den großen Abend. Sie sorgte sich nur um den armen Philippe, der sich auf eine für sein Alter ziemlich anspruchsvolle Nummer eingelassen hatte. Catherine wurde wieder einmal bewusst, dass sie mit einem großzügigen Mann lebte, der sich erstaunlich gut in die Funktionsweise der Pettigrews integriert hatte und dabei doch ein Axilette geblieben war. Philippe brachte den Mut auf, seine Träume zu verwirklichen. Er hatte sich über den Sarkasmus seiner Eltern hinweggesetzt, die sich nie damit hatten abfinden können, dass sie ihm ein teures BWL-Studium finanziert hatten, damit er im Schmieröl endete. Sein Starrsinn verblüffte Catherine auch nach dreißig Jahren noch. Sie streckte sich wohlig seufzend, als plötzlich ein Schatten auf ihr Gesicht fiel.

»Hallo, Catherine!«

Erschrocken richtete sie sich auf und zog ihren Bikini zurecht. Gérard Martial stand in Badehose vor ihr und strahlte sie an. Sie war verunsichert, erwiderte sein Lächeln jedoch mit gespielter Unbekümmertheit. Nachdem Henriette sie drei Jahre zuvor an einer Wegbiegung überrascht hatte, sie halbnackt und er mit der Hose auf den Knöcheln, hatten sie gemeinsam beschlossen, sich nicht mehr zu treffen. Sie hatte damit gerechnet, ihm irgendwann zufällig im Dorf zu begegnen, hatte sich gewappnet und sich eine Anzahl von Situationen ausgemalt, in denen sie sehr vorteilhaft erschien. An die Möglichkeit, ihm halbnackt und im Beisein ihrer Töchter zu begegnen, hatte sie nicht gedacht. Catherine war heilfroh, dass sie sich für den nachtblauen Axilette-Zweiteiler entschieden hatte, nicht für den Gestreiften, der sich sehr gut verkaufte, aber in dem sie ärgerlicherweise aussah wie ein Tönnchen. Gérard Martial schlug ihr vor, etwas trinken zu gehen. Trippelnd wie ein Hündchen folgte sie ihrem ehemaligen Geliebten, hypnotisiert von seinem perfekten Hintern in den enganliegenden schwarzen Shorts.

Gérard erkundigte sich nach den Pettigrews, dann erzählte er niedergeschlagen vom Verschwinden seines Stiers. Er begriff nicht, wie er unauffindbar bleiben konnte. Als er den Besitzer des roten Ärmels erwähnte, blitzte Wut in seinen Augen auf. Die Polizisten hatten ihm erzählt, dass der gefundene Rest des Kleidungsstückes nur einer Frau gehören könne, aber er mochte es nicht glauben.

»Ich kann mir nicht vorstellen, welches Weib einen Angriff von Mingus überleben würde. Außer Wonderwoman. Und nicht mal die!«, schob er halb lachend, halb besorgt nach.

Dann sprachen sie über vergangene Zeiten. Catherine spürte, dass Gérard noch nicht über ihr Abenteuer hinweg war, und das freute sie sehr. Bei seinen Worten spürte sie, wie neuer Saft durch ihre Adern floss, so stark und wirkungsvoll wie ein Dopingmittel, das den Radrennfahrer plötzlich aus dem Hauptfeld davonbrausen lässt. Wie viele Frauen ihres Alters schwankte Catherine immer zwischen Verlangen und Pflicht, ohne zu vergessen, dass ihr die Pflicht von den anderen auferlegt wurde, während das Verlangen nur von ihr abhing. Als Gérard nach ihrer Hand greifen wollte, fielen ihr ihre Töchter ein, und sie drehte den Kopf zum Swimmingpool. Isabelle und Barbara planschten zwischen anderen Badenden und beobachteten sie höchst interessiert. Catherine hielt es für besser, die Begegnung abzukürzen, und löste ihre Schenkel mit einem Schmatzgeräusch vom Plastikstuhl.

»Bis bald mal wieder?«, fragte Gérard, nachdem er sie auf beide Wangen geküsst hatte.

Sie lächelte und drehte sich um, majestätisch und sehr selbstsicher in ihrem maßgeschneiderten Axilette. Wonderwoman hat noch schöne Tage vor sich, dachte sie und ging zu ihren Töchtern.

Gegen Abend wurde die Hitze erträglicher. Pierre ließ sich auf der Wasseroberfläche treiben und konnte nicht fassen, was für eine himmlische Stille ihn umgab. Da sein Bruder mit Freunden nach Spanien gefahren war, hatten ihn seine Eltern wie einen Befreier empfangen. Sie langweilten sich in ihrem Ferienhaus offensichtlich zu Tode. Sein Status als Lieblingssohn verpflichtete ihn, immer ihren Erwartungen zu entsprechen, und er hatte schon bei der Ankunft gespürt, dass er sie dringend aus ihrer Sommerapathie herausholen musste. Meistens brauchte er sich dafür keine große Mühe zu geben, da die beiden alles, was er ihnen erzählte, dankbar aufsaugten. Sie waren sehr beeindruckt vom Erfolg ihres Sohnes und betrachteten ihn als verantwortungsbewussten Erwachsenen, der in der Gesellschaft einen Vorzugsplatz einnahm. Pierre versorgte sie regelmäßig aus erster Hand mit Anekdoten aus dem politischen Leben. Mutter Irène frohlockte und beeilte sich, sie gleich am nächsten

Tag zu verbreiten. Vater Dominique füllte damit die endlosen Sonntage im Altersheim bei seinem Vater. An jenem Abend schlachtete Pierre den Tod des Ministers im Bett des katalanischen Transsexuellen aus, dann sorgte er für Entspannung, indem er sich über ein Thema ausließ, das seinen Eltern am Herzen lag: die Moral in der Politik und die Vorbildfunktion der Machthabenden.

Nach ein paar Stunden mit seinen Bewunderern hatte Pierre es geschafft, sein von den Pettigrews angekratztes Ego wiederherzustellen, und er hatte seine Selbstsicherheit wiedergewonnen. Nur manchmal kam ihm Isabelle in den Sinn, hartnäckig wie ein Mückenstich.

Während des Abendessens versuchte es Irène auf Réveillon'sche Art, respektvoll und vorsichtig. Aus der düster-fröhlichen Stimmung ihres Sohnes hatte sie geschlossen, dass sein Abenteuer schlecht ausgegangen war, aber sie wollte es genauer wissen. Ihr Leben war so ruhig, dass sie im schnurrenden Motor ihres bürgerlichen Daseins noch das leiseste ungewohnte Geräusch wahrnahm. Das wurde schnell unerträglich, weshalb sie alle Probleme lösen musste, bevor sie sie ganz verrückt machten. Sie sondierte das Terrain, indem sie bei Pierres Sonnenbrand begann. Da sie sein Widerstreben spürte, versuchte sie ohne viel Erfolg, ihn über das Anjou auszufragen, von dem sie nicht mal genau wusste, wo es lag. Mit größerem Nachdruck erfragte sie Einzelheiten über das Haus und die Tätigkeiten der Pettigrews, wobei sie darauf achtete, so heikle Wörter wie »Beruf«, »sozialer Status« oder »Familienbesitz« zu meiden. Schließlich hatte sie genug und verzichtete auf weitere Umschweife.

»Steht womöglich eine Hochzeit ins Haus?«, trällerte sie und wackelte mit dem Kopf.

»Keineswegs, Maman. Keine Verlobung, keine Hochzeit. Vergiss es. Das war nichts. Die Akte ist geschlossen.«

Irène fragte nicht nach. Sie hatte vorher ihren jüngeren Sohn Vincent ausgefragt und einige Auskünfte über die Pettigrews erhalten. Er hatte ihr erzählt, dass Isabelles Schwester Romane schrieb und ihre Eltern im Dessousgewerbe unterwegs waren, das hatte ihr nicht gefallen. Sie stapelte das schmutzige Geschirr und verschwand zufrieden in der Küche.

7

Benjamin bastelte in seinem Zimmer. Hoch konzentriert, wie nur Kinder sein können, ließ er die Fahrradkette kreisen, die den Mechanismus des kleinen Motors seiner letzten Erfindung auslöste. Sie musste unbedingt zu Henriettes Geburtstag fertig werden, es war eine Frage von Leben und Tod. Noémie saß trällernd auf dem Fensterbrett und sah zwei Tauben zu, die auf dem Ast einer Kastanie gurrten.

»Glaubst du, dass er zurückkommt?«, fragte sie.

Benjamin hob den Kopf. Nur seine ältere Schwester schaffte es, ihn durch den bloßen Ton ihrer Stimme jede Tätigkeit, auch die dringlichste, unterbrechen zu lassen. Er war machtlos gegen ihren Einfluss, und je größer sie wurde, desto stärker zog sie ihn an.

»Wer zurückkommt? Adventskalender?«

Das war der Codename, den sie Pierre Réveillon gegeben hatten. Alternativ gab es noch »Fröhliche Weihnachten«.

»Wer sonst?«, fragte Noémie und verdrehte die Augen.

»Ich würde mich freuen, wenn er zurückkommt.«

»Ja. Vorausgesetzt, Isabelle und er treiben vor der Hochzeit keine Unzucht miteinander.«

Benjamin Hiver war mit seinen Motoren vertrauter als mit dem Wortschatz seiner Schwester. Sie spürte seine Verunsicherung und erklärte ihm, was Unzucht bedeutete.

»Das Wort gefällt mir nicht«, sagte Benjamin.

»Pech. Scheußlich ist es vielmehr, miteinander zu schlafen, ohne verheiratet zu sein.«

Benjamin hatte zu der Frage keine Meinung. Er hatte eine recht ungenaue Vorstellung vom Geschlechtsverkehr, der sich, wie er glaubte, darauf beschränkte, dass sich zwei Körper aufeinander bewegten und in regelmäßigen Abständen vor Schmerz stöhnten. Da das Thema bei seiner Schwester zur fixen Idee geworden war, wollte er seine Kenntnisse bei Ludovic und Umberto vertiefen, die über diese gymnastischen Übungen offenbar auch ganz gut Bescheid wussten.

»Maman ist schwanger«, sang Noémie leise vor sich hin, und sah in die Ferne.

»O nein!«, sagte Benjamin, der Babys verabscheute.

Er hatte mit ihnen Bekanntschaft gemacht, als er eine Ferienwoche bei einem Klassenkameraden verbracht hatte. Die Mutter seines Freundes hatte wenige Monate zuvor ein entsetzliches Ding zur Welt gebracht, das ihre Kleidung mit Spucke überschwemmte, nach Ziegenkäse stank und wie ein Säufer rülpste. Das war brutal, so etwas wollte er nicht bei sich zu Hause haben.

»Doch, und du wirst dich daran gewöhnen müssen. Wenn sie erst mal da sind, ist es fast unmöglich, sie loszuwerden.«

»Woher weißt du das überhaupt?«

»Sie erzählt mir unaufhörlich was von Babys. Das ist völlig idiotisch, wenn man keins im Bauch hat.«

Benjamin erschauerte bei der Vorstellung, dass sich so ein Rülpser im Magen seiner Mutter bewegen sollte.

»Irgendwer singt da«, sagte Benjamin und lauschte.

»Das ist der bescheuerte Ludovic, der sich für die Callas hält.«

»Du sollst nicht immer so schlecht von unserer Familie reden.«

»Welche Familie? Ich habe keine Familie.«

»Ach ja! Und unsere Eltern?«

»Sie treiben auch Unzucht. Außerdem verkleiden sie sich als Tiere.«

Abermals verstand Benjamin nicht, was sie sagte. Er spürte jedoch, dass es böse war und sicherlich falsch. Auch wenn ihm der Sinn von Noémies Worten entging, erfasste er den Ton ihrer Stimme, die der der Hexe Yubaba immer ähnlicher wurde. Während er die Stärke seines Miniaturmotors einstellte, fragte er sich, ob man ein und dieselbe Person zugleich lieben und hassen konnte. Und ob man auf die Dauer jemanden lieben konnte, der einem Angst machte.

»Was können wir machen, damit Fröhliche Weihnachten wiederkommt?«

»Beten«, antwortete Noémie und warf eine Playmobil-Benzinpumpe nach den Turteltauben.

Ludovic sang am offenen Fenster mit schönem Bass *L'air des bijoux* und streichelte dabei sein Bäuchlein.

»Du wirst mich niemals verlassen«, sagte er und beobachtete das Spiel zweier Tauben, die auf dem Ast einer Kastanie turtelten.

»Wer weiß?«, sagte Umberto, der auf dem Bett lag.

»Du Dreckskerl! Es macht dir Spaß, mich zu quälen. Das hast du schon immer gemocht. Ist das typisch italienisch?«

»Wer weiß?«, wiederholte Umberto.

»Falls du es tust, um mein Dasein zu erheitern, ist das völlig überflüssig.«

Ludovic sah einen Gegenstand in Richtung der Tauben sausen, die panisch davonflogen.

»Noch jemand quält hier seine Umgebung«, bemerkte er und reckte den Hals.

Noémie versteckte sich zu spät.

»Was für eine kleine Plage! Ich kann sie in letzter Zeit nicht mehr ertragen. Mit ihr wird es noch ein schlechtes Ende nehmen. Ich muss mit Guillaume und Barbara darüber sprechen.«

»Wenn du meine Meinung hören willst, sie ist reif für die Klapse. Ihr habt sie alle in den Wahnsinn getrieben.«

Ludovics gute Laune war endgültig dahin. Seine Züge erstarrten, und er musterte den Geliebten mit theatralischer Verachtung.

»Was du eben gesagt hast, gefällt mir nicht, Umberto. Du treibst mich doch in den Wahnsinn, indem du mich mit allem betrügst, was nicht bei drei auf den Bäumen ist. Ich glaube eher, dass die anderen uns verrückt machen. Ich finde, wir sind im Recht, und die anderen haben unrecht.«

»Meinst du das ernst, Ludovic?«

»Natürlich meine ich das ernst. Diese Idioten sind froh, sich gegen uns zu verbünden.«

»Hör bitte auf mit deiner Paranoia.«

»Das ist keine Paranoia. Wir leben in einer Scheißwelt, in der Dummheit zu Recht und unverständliches Gelaber zur einzigen akzeptablen Referenz erklärt wird. Dazwischen gibt es nichts. Ich bin ein Dilettant, Umberto. Wie alle Mitglieder dieser Familie. Ein Seiltänzer auf einer Spinnwebe.« Umberto zündete sich eine Zigarette an. Er ahnte, dass eine lange Tirade auf ihn zukam. »Abgesehen von meinem Beruf bin ich für nichts Spezialist. Ich stehe dazu, aber man verzeiht es mir nicht. Wie man Isabelle nicht verzeiht, wenn sie herumflattert. Und ich bin mir sicher, dass man Barbara auch kein Geschenk machen wird, wenn sie beschließt, sich in ihren Romanen von der Wirklichkeit abzuwenden. Die Leute vergleichen uns mit Wetterfahnen, aber das ist falsch. Wir sind Spezialisten unserer selbst, und unsere Unabhängigkeit schockiert. Weißt du, was mich an Noémie stört, was mich beunruhigt? Ich habe das Gefühl, dass sie unsere Freiheit bekämpft und etwas sein will, was sie nicht ist.«

»Ich bin kein Dilettant«, sagt Umberto. »Ich bin ein echter Spezialist der italienischen Malerei. Stört dich das nicht?«

»Nein. Weil du in der Lage bist, über deinen Tellerrand hinwegzuschauen. Wir sind, wie wir sind und stehen dazu, und wenn ich irgendwas hasse, dann Unschuldsengel.«

»Denkst du daran, dass wir für die Aufführung noch nicht gut vorbereitet sind?«, fragte Umberto, den es beruhigte, Ludovic lächeln zu sehen.

»Du hast recht. Ans Werk.«

Anne-Marie Lesvèque zelebrierte sich selbst seit dem Beginn des Abendessens. Den Réveillons war es noch nicht gelungen, zu Wort zu kommen, und sie hatten schließlich jede Hoffnung aufgegeben, auch nur einen Satz unterzubringen. Pierres Patentante, Irènes jüngere Cousine, eine blonde, ursprünglich rothaarige Bohnenstange, leitete erfolgreich eine Agentur für Eventmanagement und PR. Sie hörte sich gerne reden und war stolz auf ihre Schlagfertigkeit. In ihrem rassigen Gesicht strahlte ein energisches Lächeln, das die Réveillons faszinierte. Sie war polyglott und wechselte mit der Leichtigkeit eines Europafunktionärs vom Englischen ins Spanische oder vom Deutschen ins Russische. Sie kann alles, sogar jung bleiben, sagte Irène gern, die ihre Cousine wie ein Luxusobjekt präsentierte. Anne-Marie war immer in Bewegung und setzte höchstens eine Pobacke auf die Lehne, wenn die anderen sich in das Sofa sinken ließen. Sie war ziemlich geistreich und neckte ihre Mitmenschen gerne. Ihre ostentative Art war ein Präzisionswerkzeug, das sie gekonnt und unter Ausnutzung ihrer Weiblichkeit einsetzte.

Als sie den Namen Umberto Beati nannte, zuckte Pierre zusammen. Offenbar sollte seine Patentante eine Ausstellung promoten, deren Kurator Umberto war.

»Wir sind nicht auf einer Wellenlänge. Aber irgendwie muss es passen. Ich mag diesen Beati sehr, aber er liegt absolut falsch. Er ist immer noch auf die Malerei fixiert. Malerei!« Sie verzog das Gesicht. »Er erzählt mir was von Sensibilität und Schönheit. Das ist doch so was von *out*. Das Streben nach Schönheit ist heute nur noch ätherisch.«

Keiner der Réveillons verstand, was sie meinte, aber sie nickten verständnisinnig.

»Er glaubt, dass er ohne jemanden wie mich auskommt«, sagte sie verächtlich und schüttelte ihre Mähne. »Dabei ist das heutzutage einfach unmöglich.«

Pierre sah Umberto lächelnd vor dem Café sitzen und neigte instinktiv zu seiner Ansicht. Er hatte keine Ahnung von Kunst. Und wie so oft in solchen Fällen entschied er nach der Sympathie, die er den Kontrahenten entgegenbrachte. Die Entscheidung fiel leicht, denn Umberto war ein charmanter Mann und seine Patentante eine Nervensäge.

»Er versteht nicht, dass ein Kunstwerk heutzutage immer kollektiv ist«, fuhr Anne-Marie fort. »Der

Künstler ist nur ein Glied in einer Kette, die ausschließlich seinem Erfolg dient. Und der Diskurs ist dazu da, die Fehlerabweichung zu reduzieren. Ehrlich gesagt tut mir Beati leid.«

»Ich habe von ihm gehört«, sagte Pierre. »Er ist eine Koryphäe auf seinem Gebiet, oder?«

»Ja«, räumte Anne-Marie ein, und wand sich auf ihrem Stuhl, »wenn man sich für die Malerei des siebzehnten Jahrhunderts interessiert.«

»Das ist doch nicht verwerflich, oder?«

»Doch. Es kommt immer ein Punkt, wo man sich entscheiden muss. Außerdem kann man sich nicht gegen das Neue wehren, und das ist gut so. Beati wird es auch noch lernen.«

Pierre beobachtete seine Mutter. Sie trank die Worte ihrer Cousine, die auf Fragen antwortete, die man ihr gar nicht gestellt hatte. Seine zaghaften Eltern waren die willigen Betrogenen aller Anne-Marie Lesvèques, denen sie begegneten. Das machte ihn plötzlich sehr traurig. Sie muteten sich dieses Martyrium zu, weil sie Angst hatten, Blödsinn zu reden oder ihre Unwissenheit zu offenbaren. Andererseits wären sie durchaus imstande, die Pettigrews von oben herab zu behandeln und ihnen das Leben zu erklären, dachte er.

»Wie geht es deinen *happy stupid few*?«, fragte Anne-Marie in Anspielung auf Paul Valérys Bezeichnung für die Politiker.

»Wie dir, sie feilen an ihrem Diskurs«, erwiderte Pierre.

Anne-Marie lächelte.

»Was ist überhaupt mit dir passiert? Du siehst aus wie ein Hummer«, fragte sie dann, als nehme sie ihn erst jetzt wahr.

Er zögerte nicht. »Ich habe einen Tag am Nudistenstrand verbracht.«

»Am Nudistenstrand?«, staunte seine Mutter.

»Ja. Außerdem hätte mich beinahe ein Stier auf die Hörner genommen.«

Seine Eltern und ihr Gast starrten ihn entgeistert an.

Er war sehr mit sich zufrieden und entschlossen, sein Geheimnis für sich zu behalten. Deshalb nahm er sich noch ein großes Stück Torte.

»Pierre hat gerade ein paar Tage bei einer Freundin auf dem Lande verbracht.«

»Bei einer Freundin?«, fragte Anne-Marie affektiert und warf ihm einen verschmitzten Blick zu. »Hat unser Pierre vielleicht endlich beschlossen zu heiraten?«

Für diesen Satz hätte Pierre dem Weibsbild jedes einzelne Haar ausreißen können. An einem einzigen Abend hatte sie ihr ganzes Charisma verloren, an dem er aus Bequemlichkeit nie gezweifelt hatte.

Als Anne-Marie fort war, half Pierre seiner Mutter beim Abräumen und ging dann nach oben in sein Zimmer. Vom Balkon aus hatte er einen Panoramablick über den gepflegten Garten, den Pool und die Dächer des Museumsdorfes. Über seinem Kopf bohrte die Milchstraße winzige Mottenlöcher in den Nachthimmel. Die wunderbare Stille des Vortages war nur noch ein Dröhnen von Langeweile und Schläfrigkeit, die seinen Wünschen und Plänen mit jeder Stunde mehr Energie raubte. Er dachte an die Pettigrews und stellte fest, dass er sie vermisste. Die durch den Zufall der Liebe in seinem Leben aufgekreuzte Sippe hatte ihm eine andere Art zu leben gezeigt, die unter der Oberfläche immer noch ihre verrückte Energie verbreitete.

Das unpersönliche Zimmer, in dem er schlief, präsentierte alle Klischees des guten Geschmacks. Es war ohne Überraschungen und Härte, komfortabel und beige. Weit entfernt vom chaotischen Haus der Pettigrews, wo nichts durchdacht, aber alles lebendig war. Verstört von den Zweifeln, die allmählich an seinen Resozialisierungsplänen nagten, beschloss er zum x-ten Mal, Bilanz zu ziehen. Er musste erneut alles abwägen und Maßnahmen ergreifen. Von einem Tag zum anderen waren seine Eltern zu traurigen Hampelmännern geworden, von allen betrogene Opfer ihres Milieus, brave Kinder, und er hatte eigentlich keine Lust mehr, von ihnen bewundert zu werden. Dreißig Jahre lang hatten sie damit zugebracht, ihn zu beruhigen und vor einer vermeintlich gefährlichen Umwelt zu schützen, hatten sie ihm unnütze Ängste und abgeschmackte Wahnvorstellungen eingeredet, die er ohne nachzudenken übernommen hatte. Er war vor Isabelle geflohen, weil er Angst bekommen hatte, weil er in einer Welt aufgewachsen war, wo es eine Schande war, sich lächerlich zu machen. Die Innigkeit der Pettigrews war weit entfernt von Konformität. Die Familie war ein Sieb mit sehr großen Löchern, das Subtilitäten ebenso hindurchließ wie Ungeheuerliches, ohne sich um Moden oder Diktate à la Lesvèque zu scheren. Lieber ließen sie sich langsam von Suzannes Sud vergiften, als sie zu verletzen, indem sie ihre Gerichte ablehnten. Sie hatten Niveau, und das war etwas anderes, als die Alten abzuschieben, wie es seine Eltern mit Großvater Réveillon getan hatten.

Isabelle hatte ihn seit seiner Abreise nicht angerufen. Plötzlich sprang ihn die Vorstellung ihrer ewigen Abwesenheit an und war ebenso unerträglich wie die Aussicht, lebenslang eingesperrt zu bleiben. Pierre wählte ihre Nummer. Sie antwortete beim ersten Klingelton.

»Darf ich zurückkommen?«, fragte er leise.

Pierre verpasste einen Abend, der ihm gefallen oder ihn zumindest beruhigt hätte. Die Pettigrews hatten sich einzeln oder in kleinen Gruppen auf ihre Zimmer verteilt, um brav ihre Auftritte zu proben, während sich Henriette ein paar Stunden den verschwundenen Flappers ihres geliebten Fitzgerald widmete. Indessen wurde im Schlafzimmer der Hivers ein großer Coup vorbereitet. Dort hatten sich die Schwestern eingeschlossen, um ihre Rache auszubrüten. Barbara ging auf und ab und diktierte, während Isabelle schrieb. Da sie mit Haikus nicht sehr vertraut waren, hatten sie sich auf entsprechenden Webseiten informiert und ihre Nachforschungen dann aus reiner Neugier vertieft. Ein etwas subtilerer Blog erläuterte die sehr orientalischen Begriffe des schwebenden Augenblicks und der Blitzbegegnung, die bei der Schriftstellerin große Gedanken auslösten. Isabelle brachte ihre Schwester wieder auf die Spur und erinnerte sie an ihre gemeinsame Aufgabe. Sie hatten beschlossen, für den nächsten Tag eine Reihe kurzer, besonders unanständiger Gedichte zu schreiben, die sie in Bo-Baes Briefkasten stecken würden, nachdem sie die von James herausgeholt hätten. Er verfasste seine Haikus mit der Hand, und Isabelle hatte die Aufgabe, die Schrift ihres Großvaters so gut wie möglich nachzuahmen. Die Schwestern bemühten sich vergeblich um Ernsthaftigkeit. Sie stellten eine Wortliste auf und brachten so viele Schwänze, Säcke, Titten und Fotzen unter, wie es in Gedichten mit drei Zeilen möglich war. Die vulgären Haikus würden Bo-Bae in die Flucht treiben, so hofften sie, hochzufrieden mit ihrem Werk. Isabelle übernahm die Rolle der Briefträgerin. Sie würde früh aufstehen, um James zu beobachten und dann die Briefe auszutauschen. Als sie sich gute Nacht wünschten, klingelte Isabelles Telefon.

»Er kommt zurück«, verkündete sie mit strahlendem Lächeln.

8

Noémie schrie wie am Spieß. Barbara raste nach oben und klopfte an die Tür von Ludovic, der sich eine Unterhose anzog, bevor er hinter seiner Schwester die Treppe hinunterstürzte. In einer unkontrollierten Regung, die er nicht erklären konnte, hatte Benjamin seiner Schwester das Heft der Erfindungen ins Gesicht geschleudert und ihr Auge getroffen. Sie stand mit schmerzverzerrtem Gesicht im Wohnzimmer.

Ludovic holte sein Arztköfferchen und bat Barbara hinauszugehen. Vorsichtig untersuchte er das verletzte Auge seiner Großnichte. Die Hornhaut war etwas aufgeschürft, nichts Schlimmes. Noémie wartete schweigend auf sein Urteil.

»Ihre Heiligkeit kann beruhigt sein. Sie wird leben und sehen. Mit beiden Augen«, sagte Ludovic und stellte ein Rezept aus. »Warum hat dein Bruder mit dem Heft nach dir geworfen?«, fragte er. »Darf man das erfahren?«

»Der Wurm will nicht glauben, dass ich Wunder vollbringe.«

»Was für Wunder? Abgesehen von dem, Stiere zum Reden zu bringen, was ich übrigens für recht unwahrscheinlich halte, habe ich in diesem Haus noch kein Wunder erlebt.«

»Natürlich nicht, um sie zu sehen, muss man absolut rein sein.«

»Rein?«, wiederholte Ludovic, der dieses Adjektiv ebenso verabscheute wie alles, was darin an Asexualität und Kränkung mitschwang.

»Ja. Und du bist nicht rein.«

»Und wen hältst du für rein?«

»Isabelle ist vielleicht rein. Henriette, James und Suzanne, seit sie alt sind.«

»Und deine Eltern?«

Noémie starrte ihren Onkel wortlos an.

»Und Umberto?«

»Genauso wenig wie du.«

»Sieh an. Darf man erfahren warum?«, fragte Ludovic, den die kleine Besserwisserin immer mehr reizte.

»Weil ihr alle Unzucht treibt und weil du und Umberto Schwuchteln seid.«

Ludovic war tief gekränkt. Er holte Luft, um ihr nicht vor Wut das gesunde Auge auszureißen. Er hatte immer geglaubt, dass glückliche Eltern gesunde Kinder zeugen, doch diese Göre stellte seine Überzeugungen ernsthaft infrage.

»Noémie, was du eben gesagt hast, ist inakzeptabel.« Er zwang sich, ruhig zu bleiben. »Woher hast du diesen Blödsinn?«

»Ich kann ja wohl selbst denken«, sagte sie und rieb sich das Augenlid.

»Fass dein Auge nicht an«, sagte Ludovic und steckte das Rezept in die Tasche. »Ohne Entschuldigung keine Tropfen«, fügte er hinzu.

»Bitte schön. Ich entschuldige mich.«

»Eins möchte ich dir sagen. Irgendwann wirst du mit jemandem schlafen. Ich wünsche es dir von ganzem Herzen. Und du wirst dich verlieben, davor oder danach, egal. Es wird kein Wunder geben und auch keine Bestrafung. Du wirst nicht drum herumkommen, auch wenn du alles tust, um dich davor zu schützen. Hör endlich auf, die Märtyrerin zu spielen und Suzanne zu kränken, indem du ihr Essen verweigerst. Hör auf, deinen Bruder zu nerven. Und wenn du mich noch mal Schwuchtel nennst, schicke ich Umberto zu dir, der weniger Geduld haben wird. Sprich mit den Tieren, wenn es dir Spaß macht, oder schlag Fröschen den Schädel ein, aber hör auf, die Erwachsenen durch das Schlüsselloch auszuspionieren, das schadet deiner Reinheit.«

Die Heilige Noémie erstarrte, wurde blass und fing an zu weinen. Ludovic spürte, dass er richtig geraten hatte, und ließ sie schluchzen. Er hatte sich oft gefragt, warum er homosexuell war, und erinnerte sich wieder einmal an die wunderbare Antwort von Henriette, der er mit vierzehn Jahren seine existenziellen Fragen und seine Neigung zu Jungen offenbart hatte. »Das Verlangen diskutiert man nicht, es entscheidet selbst«, hatte sie lächelnd geantwortet. Jetzt suchte er einen ähnlich endgültigen Satz, um die Phantasien seiner Großnichte zu entschärfen. Dabei war Ludovic nicht besonders zart besaitet. Er liebte den Sex mit Umberto, aber die Liebe im Allgemeinen, dieses abgedroschene Zeug, das für alles herhalten musste, war nicht sein Gebiet.

»Ich gehe zur Apotheke«, sagte er und stand auf.

Sehr früh am Morgen hatte Isabelle den Brief von James in Bo-Baes unverschlossenem Briefkasten durch ihren ausgetauscht. Sie wartete auf Pierres Rückkehr, die für die Mittagszeit geplant war, und führte ihre Vorbereitungen auf dem Dachboden zu Ende.

»Das bin ja ich!«, rief Suzanne, die unverhofft hereinkam, als sie sich auf der weißen Leinwand als frischverheiratete Nachkriegsschönheit erkannte.

Isabelle bat sie wegzugehen, aber die alte Dame weigerte sich. Ihre Neugier war stärker als die Regel der Geheimhaltung, die dafür sorgte, dass die Aufführung jedes Jahr eine Abfolge echter Überraschungen darstellte. Isabelle gab nach und holte ihr einen Stuhl.

»Port Said 1953«, sagte Suzanne. »Wir sind den Suezkanal hinuntergefahren.« Isabelle ließ die Bilder vorbeiziehen. »Das Haus der Lesseps in Ismailia. Birkhadem, 1954. Eine Affenhitze. Harar, der große Markt, 1956.«

»Nein, 1957.«

»Da muss ich dir widersprechen, liebe Enkelin. Es war das Jahr, in dem der arme Jacques seinen ersten

Malariaanfall hatte. Ich dachte, er stirbt. Das blaue Kleid habe ich geliebt.«

Beim Anblick eines Fotos, auf dem sie vor den Stufen eines Mausoleums posierte, verstummte sie.

»Erinnerst du dich nicht an den Ort?«

»Doch, ich erinnere mich sehr gut«, sagte Suzanne mit eigenartiger Stimme. »Das ist in Tananarive.«

Isabelle unterdrückte einen Schrei des Erstaunens. Sie war zuvor zu schnell über das Bild hinweggegangen, um zu sehen, dass Suzanne, die an einer Säule lehnte, einen leicht gerundeten Bauch hatte.

»Suzanne, du warst schwanger!«

»Ja!«, seufzte die alte Dame. »Schwanger und dann nicht mehr schwanger. Ich habe es auf dem Schiff während der Rückfahrt verloren. War es ein Mädchen? Ein Junge? Das werde ich nie erfahren.«

Ein wenig besorgt, vor ihrer Großtante den Staub der Erinnerungen aufzuwühlen, wählte Isabelle für ihre Vorführung neuere Fotos. Suzanne fand ihr Lachen wieder und freute sich darüber, vergessen Geglaubtes wiederzusehen. Mehr oder weniger zahme Tiere, Reisen, Picknicks, Unbekannte, von denen sie einige identifizierte. Isabelle zeigte ihr auch die Filme. Über Catherine, die stolz auf dem Vater des alten Hermann ritt, lachten sie sehr, auch über Ludovic, schlank, mit Haaren auf dem Kopf und sehr bekifft. In ihrer Begeisterung über die Bilder, die vor ihren Augen abliefen, vergaßen die beiden Frauen die Zeit und die Epochen. Suzanne kam kaum noch mit, betrachtete fasziniert ihre Jugend und ihren auferstandenen Gatten. Ihre frühere Schönheit schüchterte sie jedoch ein, und es fiel ihr schwer, sie anzunehmen. Isabelle suchte nach Spuren ihrer eigenen Geburt. Als das Programm zu Ende war, blieben sie eine Weile schweigend im Halbdunkel des Dachbodens sitzen.

»Es ist toll«, sagte Suzanne schließlich und ergriff Isabelles Hand. »Aber ich weiß nicht, ob es eine gute Idee ist.«

»Warum nicht?«, fragte Isabelle erschrocken.

»Vielleicht, weil uns unsere Erinnerungen umbringen, wenn wir alt werden.«

»Gar nicht! Im Gegenteil!«, rief Isabelle.

»Um sich am Leben zu halten, braucht man Illusionen, weißt du? Die Vergangenheit ist ohne Illusionen, aber in meinem Alter braucht man sie. Verstehst du, was ich meine?«

»Nicht richtig«, sagte Isabelle, die ihr Unternehmen scheitern sah.

»Die Vergangenheit ist wie stehendes Wasser, totes Wasser. Deine Idee rührt mich sehr, aber ich denke lieber an morgen«, sagte Suzanne und stand auf.

Isabelle blieb allein zurück. Sie hatte vierundzwanzig Stunden Zeit, um eine Ersatzlösung zu finden.

Das Mittagessen glich einem Frühstück. Alle Pettigrews hatten sich auf eine Anprobe eingelassen und die Prototypen der neuen Pyjamaserie Axilette vorgeführt. Auf Anweisung Catherines, die ihre Schöpfungen in Bewegung sehen wollte, hatte jeder danach sein Modell anbehalten. Für Benjamin war es eine

Riesenanstrengung, seine Maschine, die er ihnen am nächsten Tag vorführen wollte, nicht schon jetzt zu enthüllen. Er konnte sich kaum beherrschen und machte seit Beginn der Mahlzeit Andeutungen. Offenbar handelte es sich um ein Tier mit einem höchst anspruchsvollen Mechanismus. Voller Inbrunst fachsimpelte er mit seinem Großvater, der ihm leidenschaftlich von seinen Motoren vorschwärmte. Isabelle hatte Pierres Rückkehr angekündigt, das prägte die Stimmung. Das schlechte Gewissen war echter Freude gewichen, ihn wiederzusehen. Sie waren zu allem bereit, um Vergebung für die Qualen zu erhalten, die sie dem jungen Mann unter ihrem Dach zugemutet hatten.

Als Pierre rechtzeitig zum Kaffee eintraf, wurde er bejubelt, als käme er aus dem Krieg zurück. Catherine schlug ihm freundlich vor, den Pyjama anzuziehen, den sie für ihn vorgesehen hatte. Er lehnte ebenso freundlich ab, und sie bestand nicht darauf. Alle bewegten sich wie auf Eiern. Sie wollten jeden Fauxpas vermeiden, und die Wirkung war ergreifend. Der Zwang, Normalität zu spielen, ließ die Pettigrews etwas debil wirken. Erst die heftig knallende Haustür löste sie aus ihrer Erstarrung. Bo-Bae stürmte herein und schleuderte ein handbeschriebenes Blatt Papier auf den Tisch, das in der Kompottschüssel auf einem Rest von Obstsalat landete.

»Bo-Bae!«, rief James entsetzt. »Was ist denn los? Sagen Sie nicht, dass man die Verlängerung Ihres Visums abgelehnt hat!«

»Wer hat diese schrecklichen Dinge geschrieben?«, rief sie mit Tränen in den Augen.

Pierre dachte an die Dordogne und sah eilig Isabelle an, um sich auf die Gründe zu besinnen, die ihn zurückgebracht hatten. Seine Liebste beobachtete die koreanische Studentin mit einer gewissen Sorge.

Ludovic griff nach dem Blatt und las es schweigend.

»Verflucht!«, rief er und brach in lautes Lachen aus. Er fragte sich kurz, ob vielleicht die Heilige Noémie Autorin dieser Scheußlichkeiten war.

Das Stück Papier ging um den Tisch. Die koreanische Studentin, die reglos hinter James stand, war käseweiß. Sie betrachtete die Pettigrews und ihren Anhang, alle in mit geometrischen Motiven bedruckten Unisex-Pyjamas.

Suzanne fand die Haikus interessant, und Henriette erkannte sofort, dass es nicht James' Schrift war.

Isabelle und Barbara taten, als würden sie das, was sie am Vortag verfasst hatten, zum ersten Mal sehen. Benjamin und Noémie wurden übersprungen. Pierre ahnte, dass das Geschöpf, das ihn jeden Abend vor Wonne an die Decke gehen ließ, hier die Finger im Spiel hatte.

»Ich habe das nicht geschrieben«, sagte James und schwenkte das zerknüllte Blatt.

»Ich weiß«, sagte Bo-Bae. »Aber wer dann?«

»Vielleicht Gérard Martial?«, wagte Catherine vorzuschlagen.

Alle sahen sie fassungslos an.

Henriette musste nicht lange nachdenken, denn Isabelle war die Einzige, der sie von den Haikus erzählt hatte.

»Ich war es«, sagte die Alte und nahm ihre Brille ab. Sichtlich zufrieden reinigte sie sie langsam mit ihrer Serviette.

»Aber warum?«, fragte James. »Das ist sehr kränkend für Bo-Bae.«

»Nein«, unterbrach ihn Isabelle, »es war nicht Henriette. Ich habe die Gedichte gestern mit Barbara geschrieben.«

»So ein Quatsch«, schimpfte Catherine und schlug auf den Tisch. »Ich habe sie geschrieben, und ich finde sie sehr gut. Ich hoffe, ihr wisst die Metapher über James' Eier zu schätzen, die bei Vollmond wie Glöckchen funkeln.«

»O nein!«, mischte sich Umberto ein. »Nur ein Schwuler kann solche Dinge erfinden! Ich bin der Autor, und ich stehe dazu!«

James, würdevoll und ernst in seinem gestreiften Pyjama, erhob sich.

»Ich begleite Sie«, sagte er zu der Koreanerin und nahm ihren Arm.

Als James und Bo-Bae fort waren, fühlte sich Henriette verpflichtet, die Vorgeschichte zu erzählen, von ihrem ersten Verdacht bis zur Entdeckung der Haikus im Briefkasten der Studentin. Alle hörten interessiert zu, ohne sie zu unterbrechen. Als sie ihren Bericht beendet hatte, starrten sie wortlos auf ihre Teller. Schließlich outeten sich Isabelle und Barbara als die Autorinnen; als sie die Technik der Haikus erklärten, entspannte sich die Atmosphäre wieder. Es war allen ziemlich gleichgültig, aber mit der Diskussion über die japanische Kunst der Ellipse konnten sie James' Ausrutscher übergehen, den man nicht wirklich empörend fand.

Pierre verlangte Erklärungen. Als er wieder in dem Zimmer stand, das er zwei Tage zuvor für immer verlassen hatte, war er entschlossen zu verstehen, ohne sich aufzuregen. Immerhin hatte er mit der Koreanerin gemein, dass er nicht zur Familie gehörte, und er wollte nicht eines Tages anonyme Briefe der Pettigrews bekommen, egal ob unanständig oder nicht. Isabelle sagte zu ihrer Verteidigung, sie habe keine Lust gehabt, Henriette mit ihrem Fernglas am Hals erfroren auf der Wiese zu finden.

»Bo-Bae erholt sich davon«, behauptete sie kategorisch.

»Ihr hättet es verdient, dass James mit dem Mädchen durchbrennt.«

»Unmöglich! Dafür hängt er viel zu sehr an seinen Hühnern.«

»Red keinen Stuss, Isabelle.«

»Ich rede keinen Stuss«, flüsterte sie.

Pierre legte sich aufs Bett, Isabelle folgte ihm.

»Ich war sicher, dass du zurückkommst«, sagte sie und streichelte seinen Bauch. »Wo warst du?«

»In der Dordogne. Ich habe meine Eltern besucht.«

Pierre hatte Lust, ihr alles zu erzählen. Aber er tat

es nicht. Etwas hielt ihn noch davon ab, den großen Sprung zu wagen. Er wollte sein Leben mit Isabelle verbringen, das stand fest. Und er hatte keine Gewissensbisse mehr gegenüber den Réveillons. Würde er eines Tages zwischen Anne-Marie Lesvèque und Catherine Axilette wählen müssen, wäre das schnell entschieden. Trotzdem war es ihm bei der Hinrichtung von Bo-Bae kalt den Rücken runtergelaufen. Er versetzte sich an die Stelle der jungen Frau, die binnen weniger Minuten aus dem Club geflogen war, weil sie nicht die Bedingungen erfüllte.

»Ich stecke ganz schön in der Tinte«, sagte Isabelle, die keine Lust hatte, länger über die Haiku-Geschichte zu reden. »Ich kann die Nummer, die ich mir ausgedacht hatte, nicht aufführen. Mir bleiben vierundzwanzig Stunden, um etwas anderes zu finden. Das ist hart. Und du?«

Pierre spürte, wie ihn die Angst des Gymnasiasten packte, der am Sonntagabend noch nicht mal die erste Zeile des Aufsatzes geschrieben hat, den er am Montagmorgen abgeben muss. Seine Feuertaufe war noch lange nicht zu Ende, und er zitterte vor der Prüfung am Ende seines Aufenthalts bei den Pettigrews.

»Komm, wir vögeln erst und überlegen dann«, schlug Isabelle vor und legte sich auf ihn.

Nach dem leidenschaftlichen Intermezzo wartete Pierre, bis Isabelle eingeschlafen war, und ging nach unten in den Salon. Henriette lag auf dem Sofa und las. Sie lächelte ihn an, klappte ihr Buch zu und bat ihn, sich zu ihr zu setzen.

»Nun, mein lieber Réveillon, was ist los? Sie sehen etwas angegriffen aus.«

Isabelle hatte die ärgerliche Neigung, sich bei der Liebe auf einer einsamen Insel zu wähnen, und Pierre fragte sich, ob Henriette etwas von ihrem Liebesspiel gehört hatte.

»Nein, nein«, antwortete er, »alles in Ordnung.«

Seit dem Zwischenfall mit Bo-Bae schüchterte Henriette ihn noch mehr ein. Sie schien in der Familie eine besondere Aura zu besitzen, wie die unumstrittene Eigentümerin eines eingetragenen Warenzeichens.

»Könnten Sie James Pettigrew suchen und ihm ausrichten, dass ich ihn sprechen möchte?«, fragte sie ganz unschuldig, wobei sie allerding seinen Blick mied.

Er nutzte die Chance, das Gespräch zu beenden, und eilte in den Garten, um seinen Auftrag zu erfüllen. James war im Hühnerhof, allein.

»Oh, Réveillon! Helfen Sie mir!«, sagte James, der gerade ein Huhn mit einem blumigen Duft besprühte.

»Was machen Sie da?«

»Ich parfümiere Finoreille. Das ist ein wirksames Mittel, um sie zu schützen. Sie ist neu auf dem Hof, und die anderen machen sich einen Spaß daraus, ihr die Federn auszureißen. Könnten Sie den Sprenger anmachen?«

Pierre tat, wie ihm geheißen. James wirkte in sich gekehrt und konzentriert.

»Henriette würde gern mit Ihnen sprechen.«

Den Vermittler für die beiden Greise zu spielen, war schon drollig. Sie waren noch nicht fertig mit der Liebe, und während Pierre dem parfümierten Hühnchen beim Herumstochern in den Essensresten der Pettigrews zusah, überlegte er sich, dass er das, ehrlich gesagt, ziemlich lächerlich fand.

»Die dreckige, stinkende Zicke soll mich in Ruhe lassen«, sagte James und machte den Sprenger aus. »Ich will nichts mehr von ihr hören. Sagen Sie ihr, dass Bo-Bae fortgeht. Das ist das Einzige, was sie interessiert.«

»Ich glaube, Henriette kann nichts dafür. Sie wusste nichts von Barbaras und Isabelles Plänen.«

»Also die beiden waren es! Das hätte ich mir denken können. Der Kegel und das Schweinchen! Ein schönes Paar!« James überlegte lange, während er seine Hühner beobachtete. »Wenn Sie in diese Familie eintreten, müssen Sie eins wissen«, sagte er schließlich. »In jeder Gesellschaft, die etwas auf sich hält, gibt es Starke und Schwache. Bella Vistas und Finoreilles. Die dominanten Männchen können Sie vergessen, die finden Sie hier nicht. Henriette und Isabelle sind die beiden dominanten Weibchen. Die eine hält ihr Umfeld durch ihre Schwäche und ihre Dienstjahre in Schach. Die andere ist die Schergin, die ihr aufs Wort gehorcht. Henriette befiehlt, und Isabelle verbringt ihre Zeit damit, uns in die Herde zurückzubringen, indem sie uns wie ein Schäferhund in die Waden beißt.« Wütend warf James einen Plastikeimer gegen das Gitter des Hühnerhofes. »Heute bin ich wütend, und morgen habe ich alles vergessen, weil sie unersetzlich sind. Das sollten Sie wissen, mein lieber Réveillon. Und vergessen Sie es nicht. Sie werden nie einsam sein, aber Sie werden auch niemals Frieden haben. Sonst enden Sie wie Finoreille, parfümiert mit Rosenduft.«

Durch das Fenster sah Pierre Bo-Bae in ihrer kleinen Wohnung herumlaufen.

»Wann fährt sie?«

»Heute Abend. Sie wird in der Stadt bei Freunden wohnen, bis ihr Kurs zu Ende ist.«

James wandte sich ab und ließ Pierre allein zwischen den Hühnern meditieren. Wie bei einem Puzzle, das man ohne Vorlage zusammensetzt, nahm das Bild allmählich Gestalt an. Seine Verpflichtung gegenüber Isabelle hatte nichts mehr mit einem bloßen Heiratsantrag zu tun. Er sah ein, dass sie recht getan hatte, ihn zu testen, indem sie ihn mit zu ihrer Familie nahm, denn diese Bande gingen weit über das hinaus, was man sich normalerweise vorstellte.

Dumpfes Trommeln und das Gefühl, der Boden vibriere unter seinen Füßen, rissen ihn brutal aus seinen Heiratsgedanken. Die Hühner fingen panisch an zu gackern und drängten sich um ihn. James kam aus dem Stall geeilt und lauschte, um zu begreifen, was geschah. Ein Erdbeben, ein drohendes Hitzegewitter? Als die Erschütterungen noch stärker wurden und sich mit schrillen Schreien mischten, sahen sich die beiden Männer ungläubig an.

»Das klingt wie Catherine«, sagte James.

Tatsächlich brüllte Catherine unsichtbar in der Ferne.

Ludovic kam aus dem Haus, gefolgt von Umberto und den Hivers. Wenn Isabelle einmal schlief, brauchte man eine Wasserstoffbombe, um sie wach zu bekommen. Deshalb war sie neben Philippe, der mal wieder zu einer Weinkellerrunde losgezogen war, die Einzige, die die nun folgende Show verpasste.

Gleich darauf tauchte Catherine am alten Hermann hängend auf dem Weg zum Türmchen auf. Sie trug ein unglaubliches Cowgirl-Kostüm und klammerte sich an ihr Pferd, das aus dem letzten Loch pfiff. Als sie den Garten erreichte, wich sie im letzten Moment dem Hühnerhof aus und lenkte Hermann mit Ach und Krach zwischen dem Mini und dem Espace der Hivers hindurch.

»Ruft Martial an!«, schrie sie und gab Hermann die Sporen.

Denn schon tauchte der Stier auf, der sie mit gesenktem Kopf und vor Wut dampfend verfolgte. Der Lärm übertönte das Gackern der Hühner. Mingus war Catherine dicht auf den Fersen und bog hinter ihr auf die kleine Landstraße ein. Barbara und Guillaume sprangen in ihren Wagen, gefolgt von Pierre und den Hiver-Kindern, die, ohne zu fragen, in seinen Corsa gestiegen waren. Sie verfolgten die Rasenden auf der Landstraße. Benjamin hüpfte auf dem Rücksitz herum und bekam vor Lachen einen Schluckauf. Noémie beobachtete das Geschehen, ohne mit der Wimper zu zucken. Mehrere Fahrzeuge kamen ihnen entgegen und näherten sich beim Ausweichen bedrohlich dem Straßengraben. Die Gesichter der Insassen erinnerten mit aufgerissenen Mündern und geweiteten Augen an Katastrophenfilme. Pierre machte einen Schlenker, um einem Traktor zu entgehen, und kam im letzten Moment wieder in die Spur. Die Wagen von Umberto und den Hivers nahmen ihm die Sicht auf Catherine und den Stier. Benjamin war neben ihn nach vorn geklettert, er imitierte den Pferdegalopp und mimte die Bewegungen des Reiters. An einer Kreuzung sahen sie, wie Catherine und der alte Hermann, immer noch vom Stier verfolgt, nach links auf einen Sandweg abbogen, der in die Weinberge führte. Ludovic, der neben Umberto saß, hatte den Telefonhörer ans Ohr geklemmt und gestikulierte heftig. Der Corsa quälte sich auf dem staubigen und unebenen Pfad. Im Rückspiegel entdeckte Pierre ein Auto der Gendarmerie. Er sorgte sich um Catherine. Sie konnte vom Pferd stürzen, sich verletzen und vom Stier überrannt werden. Plötzlich entnervt von Benjamin, der wie unter Strom herumzappelte, versetzte er ihm eine Ohrfeige, die den Jungen in den Sitz drückte. Benjamin Hiver bekam die erste Ohrfeige seines Lebens. Er erstarrte vor Verblüffung, und Tränen schossen ihm in die Augen. Er war bereit, die Strafe hinzunehmen, nicht aber Noémies unheilvolles Lachen, das nun das Fass zum Überlaufen brachte.

»Halt die Schnauze, Heilige!«, keifte er, ohne sich umzudrehen.

Pierre sah ihn anerkennend an. Benjamin hatte soeben der Aura seiner Schwester einen ersten Riss verpasst, und das erfüllte ihn mit ungetrübter Freude.

Die beiden Autos an der Spitze wurden langsamer, Pierre ging auf die Klötzer, und auch die Gendarmen bremsten scharf, um den Corsa nicht zu rammen. Pierre machte den Motor aus und rannte hinter Ludovic, Umberto und den Hivers zum Gehöft. Der Stier war nicht zu sehen. Hermann war fix und fertig, und Catherine lag im Staub, aber sie lebte. Gérard Martial hatte es geschafft, seinen Stier von dem Cowgirl abzulenken und ihn auf einer umzäunten Weide neben der Garage einzusperren. Die Gendarmen waren ratlos. Es gab weder einen echten Schuldigen noch ein echtes Opfer, und sie wussten nicht, was sie tun sollten. Also setzten sich alle in Martials Küche, um die Lage zu besprechen und einen Stärkungstrunk zu sich zu nehmen. Catherine kam im Nu wieder zu Kräften, kippte Schlag auf Schlag zwei Gläser Pflaumenschnaps hinunter und verschlang die Hälfte der Madeleines, die Martial für den Anlass aus der Kammer geholt hatte. Mit schräg sitzendem Stetson berichtete sie von ihrem Abenteuer. Die anderen lauschten mit offenem Mund. Immerhin hatte sie dem Stier Mingus nun schon zum zweiten Mal die Stirn geboten, was allerdings nicht alle Anwesenden wussten. Alle redeten gleichzeitig. Die Gendarmen schienen nichts Besseres zu tun zu haben und machten es sich mit sichtlichem Vergnügen bequem. Nur Noémie, die auf dem Schoß ihres Vaters saß, war nicht bei ihnen. Sie starrte wie gebannt auf den Fliegenfänger, der von der Deckenleuchte herunterhing, und beobachtete, wie die vom Klebstoff gefangenen Insekten langsam verendeten.

Zu Hause zog sich Catherine ins Bad zurück. Sie ließ warmes Wasser in die Wanne laufen und tauchte genüsslich hinein, während Philippe und Isabelle sie mit Fragen bombardierten. Bis zum Hals im Badeschaum verschwunden erzählte sie ihnen ihre Heldentaten des Tages, vom Training auf der Weide des alten Hermann bis hin zum freundschaftlichen Imbiss in der Küche von Gérard Martial. Philippe, ziemlich beschwipst nach seinen zahlreichen Verkostungen, versuchte sich seine Frau auf dem Rücken des pensionierten Kleppers vorzustellen, wie sie von Mingus verfolgt wurde. Er war fassungslos. Isabelle saß nachdenklich auf dem Toilettendeckel und fand die Geschichte auch nur bedingt witzig.

Pierre ging hinauf und rief seine Mutter an. Ihre Stimme klang müde wie an ihren schlechten Tagen. Sie hatte nichts gesagt, als er seine Abreise ankündigte, aber er hatte ihre Enttäuschung gespürt. Sie gaben sich beide Mühe, ein Gespräch in Gang zu bringen, und schafften es, ein paar Minuten mit der Rückfahrt und den ausgebliebenen Verkehrsstaus zu füllen. Zwei weitere Minuten verbrachten sie mit seinen Umzugsplänen, von denen er seiner Mutter erzählt hatte. Sie hatte schon die Makleranzeigen im Internet studiert und bot ihm an, nach Ferienende in Paris weiterzusuchen. Pierre traute sich nicht, ihr zu erzählen, dass er seine Pläne geändert hatte, und ließ sie ein paar Minuten über Tapeten und japanische Schiebewände reden. Als ihnen nichts mehr einfiel, wünschten sie einander eine gute Nacht, und Pierre legte auf, ohne ihr von seinen neuen Absichten erzählt zu haben.

Er machte sich Vorwürfe wegen seiner Feigheit, aber schleichend ergriff ihn ein dumpfer Zorn. Er hatte jetzt sein eigenes Leben, in das er Isabelle und die Pettigrews aufnehmen wollte. Natürlich würde er seinen Eltern sehr verbunden bleiben. Aber er wollte nicht mehr derjenige sein, der die Schwarz-Weiß-Bilder ihres ereignislosen Daseins kolorierte. Er stellte sich die Ruhe vor, die nach seiner Abreise zurückgekehrt war. Pierre war durchaus bewusst, dass seine Eltern ihm etwas vorspielten und einander seit langem nichts mehr zu sagen hatten. Sobald sie im Hoheitsgebiet ihrer Wohnung unter sich waren, gingen sie von früh bis spät ihren Verpflichtungen nach, ohne ein Wort zu wechseln. Es war wie ein steifer Gesellschaftstanz, ausgeführt von zwei eingespielten Partnern, die sich niemals auf die Füße traten. Pierre zog sein Hemd aus. Catherines lebenslustiges Lachen drang durch die Wände wie ein schottisches Gespenst, und er fand sich mit der Vorstellung ab, dass diese Frau die Großmutter seiner Kinder werden würde. Dann dachte er an Benjamin. Es tat ihm leid, dass er ihm eine Ohrfeige verpasst hatte, und er überlegte, wie er sich gegenüber Barbara und Guillaume rechtfertigen sollte. Der Bengel würde petzen, oder seine Schwester würde das für ihn erledigen. Pierre würde auf Notwehr und Panik plädieren, auf die Angst, im Graben zu landen. Wenn nötig, würde er ihnen erklären, dass er in Erziehungsfragen andere Werte vertrat als die Pettigrews. Er war dafür, dass Kinder früh ins Bett gingen, aufaßen, was auf ihrem Teller lag, und für sich behielten, was sie über Erwachsene dachten. Dennoch war er beeindruckt von der Einzigartigkeit der Hiver-Kinder. Noémie war sehr hübsch und faszinierte durch ihre Seltsamkeit. Benjamin bestand ganz aus konzentrierter Energie und Intelligenz.

Pierre machte das Fenster auf. Eine unglaubliche Milde und der kräftige Geruch des Hühnerhofs umhüllten ihn wie ein göttlicher Balsam. Mit nacktem Oberkörper und leerem Kopf stellte er fest, dass er sich nicht erinnern konnte, je so glücklich gewesen zu sein.

Umberto saß mit Pierre, Isabelle und Suzanne auf dem Sofa und zeigte ihnen den Entwurf für den Katalog seiner nächsten Ausstellung über den weiblichen Akt im siebzehnten Jahrhundert. Ludovic spazierte durch den Raum und ging in Gedanken seine Alice-Choreographie durch.

»Hast du schon mal mit Anne-Marie Lesvèque gearbeitet?«, fragte Pierre, der unbedingt erfahren wollte, was Umberto von seiner Patentante hielt.

»Anne-Marie Lesvèque?« Der Schreck schnürte Umberto die Kehle zu. »Willst du mich umbringen? Sprich den Namen niemals in diesem Haus aus«, verlangte er mit finsterer Miene, »sonst bekomme ich hier keine Luft mehr. Kennst du sie?«, fragte er dann verwundert.

»Ein wenig.«

»Wer ist dieser Évêque?«, fragte Suzanne.

»Anne-Marie Lesvèque, eine Faschistin, eine Funktionärin, eine Wahnsinnige«, antwortete Ludovic hüpfend.

»Sie ist nicht wahnsinnig«, korrigierte ihn Umberto. »Das wäre zu einfach. Leider ist es so, dass die Museumsleitung für die PR das einzige Weib aus der Branche ausgewählt hat, das einen Caravaggio nicht von einem Rembrandt unterscheiden kann. Ist das nicht ungeheuerlich?«

»Reg dich nicht auf«, sagte Ludovic, »und konzentrier dich auf deine Ausstellung.«

Umberto verzog das Gesicht und vertiefte sich wieder in seinen Katalog.

»Wie wunderbar!«, rief Isabelle und fuhr mit der Hand über das Bild einer schmachtenden Frau.

»Tizian ist großartig«, seufzte der Italiener. »Nach der Renaissance sind die Körper endgültig sterblich geworden. Diese Frau hat sich mit ihrer Endlichkeit abgefunden. Sie weiß, dass ihre Schönheit nicht von Dauer ist. Ihre Augen drücken nicht dasselbe aus. Das eine träumt, während das andere die ihm verbleibenden Stunden zählt.«

Noémie, die lautlos ins Zimmer gekommen war, stand hinter dem Sofa und betrachtete den Tizianakt mit großer Aufmerksamkeit. Ludovic stellte fest, dass ihr verletztes Auge schon weniger gerötet war. Noémie hob das Kinn und starrte böse ihren Onkel an, der extra für sie eine halbe Drehung auf Zehenspitzen machte. Sie verzog angewidert das Gesicht und wandte den Kopf ab wie eine tapfere Märtyrerin, die sich schicksalsergeben den Löwen zum Fraß vorwerfen lässt.

»Du hast mal was von einer Anthologie erzählt«, sagte Pierre zu Ludovic.

Seit er zurück war, duzte Pierre alle.

Er bemerkte, dass die Anwesenden ihn anglotzten, als hätte er eine Ungeheuerlichkeit von sich gegeben.

»Interessiert sie dich?«, fragte Ludovic und schenkte ihm einen geradezu verliebten Blick.

»Ja«, sagte Pierre zögernd.

»Ich bin gleich zurück«, rief Ludovic aufgeregt.

»Warum?«, stöhnte Umberto verzweifelt.

»Er konnte es doch nicht wissen«, sagte Isabelle.

Ludovic kam die Treppe runtergerannt, ließ sich in einen Sessel fallen und öffnete einen dicken chaotischen Ordner voll einzelner Blätter.

»Das Prinzip ist Folgendes«, sagte er ausschließlich an Pierre gewandt. »Meine Anthologie wird *Gekreuzte Porträts* heißen und alle Porträts enthalten, die Schriftsteller je voneinander gemacht haben. Denn das Porträt ist nicht nur in der Malerei eine Kunst. Man hält die Züge eines Gesichts fest, das jeder auf seine Art wahrnimmt. Es gibt eine Vielzahl von Versionen von uns selbst. Unser Gesicht gehört denen, die uns anschauen, wir selbst haben nur eine ungenaue Vorstellung von dem, was sie sehen.«

Pierre fand die Erklärungen von Ludovic sehr interessant und verstand die im Salon herrschende Verzweiflung nicht.

»Das Problem ist nur, dass es endlos ist«, erklärte Umberto. »Er hat seine Recherche vor mehr als zehn Jahren begonnen, und inzwischen ist klar, dass Ludovic diese verflixte Anthologie niemals zu Ende bringen wird.«

»Vielleicht muss man aufhören können«, sagte Pierre freundlich.

»Das ist der Haken«, erwiderte Umberto und schlug seinen Katalog zu.

Ludovic hörte ihnen nicht zu. Er blätterte lächelnd in seinem Ordner.

»Hört euch das an«, sagte er mit erhobenem Zeigefinger.

»Marcel Proust in den Augen der Prinzessin Bibesco.«

»Wer ist die Prinzessin Bibesco?«, unterbrach ihn Pierre.

»Scheißegal«, erwiderte Ludovic. »Also Proust. ›Sein bloßer Anblick ließ mich erschauern. Sein Körper in dem zu weiten Pelzmantel sah aus, als wäre er mit seinem Sarg gekommen.‹ Jetzt mal ehrlich, findet ihr das nicht genial? ›Sah aus, als wäre er mit seinem Sarg gekommen‹«, wiederholte Ludovic begeistert. Ohne auf Antwort zu warten, blätterte er einige Seiten weiter. »Das ist auch nicht schlecht. Truman Capote beschreibt Sartre und Beauvoir: ›Schielend, bleich, Pfeife im Schnabel, saßen Sartre und sein abgetakeltes Mädel, Beauvoir, meist in einer Ecke wie zwei von ihrem Bauchredner verlassene Marionetten.‹ Erschreckend, oder?«

Philippe kam ins Zimmer, als sich Ludovic das Porträt von Willy durch Colette vornehmen wollte.

»Wo warst du?«, fragte Isabelle.

»Ich habe Bo-Bae zum Bahnhof gebracht.«

Seiner Antwort folgte verlegenes Schweigen. Pierre fand, dass Philippe ziemlich betrunken aussah.

»Und wo ist James?«, erkundigte sich Suzanne.

»Mit Henriette im Hühnerhof. Sie unterhalten sich.«

Ein weiteres betretenes Schweigen folgte.

Als Ludovic seine Lektüre wieder aufnehmen wollte, wurde er von Umberto unterbrochen.

»Morgen, Schatz, ja?«, bat ihn der Italiener sanft, aber bestimmt.

9

Es war der fünfzehnte August 2015. Genau um zwanzig Uhr dreißig würde der Zähler von Henriettes langem Leben dreiundachtzig Jahre anzeigen. Am Vormittag nahm Suzanne die vom Dorfbäcker gelieferte mehrstöckige Torte entgegen, dann machte sie sich in der Küche zu schaffen, unterstützt von Océane Lagrenée, einer Nichte von Gérard Martial, die jedes Jahr kam, um ihr zu helfen.

Aus dem Schlafzimmerfenster blickte James zum Nebengebäude, das Bo-Bae verlassen hatte. Die junge Frau hatte sein letztes Liebesbegehren mit sich genommen. Mein Leben besteht nur noch aus einer langen Liste von letzten Malen, dachte er bitter. Am Vortag hatte er sich Henriette anvertraut, die ihm gestanden hatte, sie empfinde das Gleiche. Dann riet sie ihm, auf seine Seele ebenso zu achten wie auf seinen alten Körper. Er solle nicht nur, wie sie und Suzanne, heftige Bewegungen vermeiden, sich langsam mit gebeugten Knien bücken und etwas weniger picheln, sondern sich auch vor heftigen Empfindungen schützen, die in ihrem Alter tödlich sein könnten. Sie fügte hinzu, dass ihnen durchaus noch interessante erste Male bevorstünden. So würde zum Beispiel Pierre Réveillon am nächsten Abend während der Aufführung zeigen, was er draufhatte. James hatte zugegeben, dass er ziemlich neugierig war, das zu erleben.

Von weitem erkannte James Finoreille zwischen ihren Artgenossen. Er war erleichtert, dass sie endlich von den anderen akzeptiert wurde, und ging nach unten, um zu frühstücken.

Im Esszimmer ließ sich Ludovic von Benjamin die Funktionsweise der Maschine zum Falten von Servietten erklären, während Isabelle in Axilette-Badeanzug und Pareo den Besen schwenkte. Niemand durfte mehr in die Küche, wo Suzanne und Océane ihr Hexenwerk verrichteten. James verzichtete auf den Kaffee und ging zu seinen Hühnern. Im Stall stieß er auf Philippe, der mit angezogenen Beinen zwischen den Legehennen schlief. James schüttelte seinen Schwiegersohn, der einige Zeit brauchte, um munter zu werden.

»Verdammt noch mal! Was für ein Besäufnis!«, rief Philippe und klopfte die Späne von seiner Hose ab.

»Darf man erfahren, was du bei meinen Hühnern treibst? Hat dich Catherine aus ihrem Bett verjagt?«, fragte James belustigt.

Philippe starrte ihn verblüfft an und suchte in seinem Kurzzeitgedächtnis eine logische Erklärung für das Erwachen im Hühnerhof.

»Ich bin gestern Abend noch ins Dorf gegangen und habe Gérard Martial getroffen. Wir haben eine Runde durch die Bars gedreht. Was danach passiert ist, weiß ich nicht mehr genau. Ich habe noch eine schwache Erinnerung, dass ich in den Hühnerstall gegangen bin. Aber warum? Keine Ahnung.«

Als er sich aufrichtete, entdeckte er eine Flasche Wodka, die halb unter dem Stroh versteckt war.

»Danke, Gérard!«, sagte er grinsend und griff danach.

»Ich hole Gläser!« James war plötzlich in Hochform.

Sie setzten sich auf die Bank vor dem Nebengebäude und stießen auf Henriettes dreiundachtzig Lenze an.

»James, weißt du eigentlich, dass wir Riesenglück hatten?«

»Jetzt bin ich gespannt. Heute Morgen bin ich mir da nicht so sicher.«

»Du und ich, wir haben ein Leben mit außerordentlichen Frauen geführt. Und wenn du dir das mal überlegst, merkst du, dass es ein verdammtes Wagnis ist, eine unter allen anderen auszuwählen. Wenn ich seit dreißig Jahren jeden Morgen sehe, dass sich Catherine aus dem Bett katapultiert wie aus dem Sitz eines Düsenjets, denke ich, alles kann passieren. Und tatsächlich passiert alles. Ich bin sicher, du hast mit Henriette das Gleiche erlebt.«

James legte die Hand auf den Arm seines Schwiegersohns und blickte seufzend gen Himmel.

»Henriette ist eine Zauberin. Sie hat mich als Bourgeois leben und wie ein Halbgott denken lassen, wie Flaubert sagte. Leider verschwinden die Illusionen mit dem Alter, das hat mich Bo-Bae schmerzlich fühlen lassen. Ihre Abreise erinnert mich daran, dass ich auch bald verschwinden werde.«

Philippe sah James verblüfft an. Bei den Pettigrews wurde der Tod niemals erwähnt. Er war ein Tabu, ein böser Gedanke, vor dem sie sich schützten, indem sie in der Hosentasche verborgene Glücksbringer berührten, die Henriette, James und Suzanne zu ewigem Leben verdammten.

»Deprimiert dich vielleicht Henriettes Geburtstag?«

»Vielleicht«, sagte James und reichte Philippe sein leeres Glas. »Los, trinken wir auf unsere Illusionen«, sagte er und kippte den Wodka hinter. »Über den Tod nachzudenken, ist auf jeden Fall Zeitverschwendung. Der Tod ist nicht zu greifen. Er entwickelt sich nicht, er bleibt so statisch wie unsere Neurosen. Er ist ein gelähmter Gedanke, eine Idee, die sich in den Schwanz beißt.«

»To be or not to be?«

»*To be* und Schluss!« sagte James und stieß sein Glas gegen das von Philippe. »Und alles Gute, liebe Bo-Bae!«

Isabelle und Barbara halfen ihrer Mutter, den Garten zu schmücken. Sie hatten Lampions und Leuchtgirlanden aus dem Keller geholt, außerdem die Bretter, die jedes Jahr zur Bühne aufgebaut wurden. Henriette hatte sich nach dem Mittagessen in ihr Zimmer zurückgezogen. Ihr Geburtstag war ein Fest, das sie liebte und fürchtete. Vielleicht war es das letzte Mal. Im Laufe eines Jahres konnte allerhand passieren. Ihr eigener Tod natürlich, aber ebenso der von James oder von Suzanne. Eines Tages würde die Geschichte ohne sie weitergehen. Das war ein Skandal, aber sie konnte nichts dagegen tun. Die Liebe macht uns anfällig, überlegte sie, während sie Catherine beobachtete, die auf einer Trittleiter stand und einen Lampion an einen Kastanienast hängte. Dabei kam sie gefährlich ins Schwanken und landete schließlich auf einem Karton voller Weihnachtskugeln. Henriette sah Catherine als Kind vor sich, ihr tollkühnes, nervtötendes Mädchen, das seine Zeit damit verbrachte, Mauern zu versetzen und die Elemente herauszufordern, während sich Ludovic in seinem Zimmer einschloss, Joints rauchte und von schönen Augen träumte. Was hatten wir für ein gutes Leben!, dachte sie gerührt und betrachtete Pierre Réveillon, der am oberen Ende der Wiese auf und ab ging und Selbstgespräche führte.

»Kannst du mir vielleicht helfen?«, befahl Catherine Philippe, der in einem Liegestuhl seinen Rausch ausschlief.

Philippes Kopf brummte immer noch ohrenbetäubend laut. Sein Blut schlug den Takt und dröhnte in den Schläfen wie die Becken eines Fanfarenzugs.

Mühsam stand er auf, holte die Sessel aus dem Wohnzimmer und stellte sie nebeneinander vor die Bühne.

»Was hast du eigentlich letzte Nacht getrieben?«, fragte Catherine mit gespielter Gleichgültigkeit.

»Ich habe mich mit Gérard Martial betrunken und im Hühnerstall geschlafen.«

Philippe hatte nicht direkt ein Alkoholproblem. Er hatte nur aus seiner wilden Jugend eine Gewohnheit bewahrt, die ihm lieb und teuer war.

»Mit Gérard Martial?«, fragte sie sehr beunruhigt.

Philippe hatte nie von Catherines Geschichte mit dem Nachbarn erfahren. Niemand wusste davon außer Henriette, die sie in flagranti erwischt hatte, und James, dem Henriette davon erzählt hatte. Catherine fühlte sich allerdings nicht schuldig. Der Seitensprung hatte das erlahmende Sexualleben in der Ehe neu belebt, deshalb fand sie, dass ihr Gatte durchaus davon profitiert hatte.

»Worüber habt ihr euch unterhalten?«

»Ich erinnere mich an gar nichts. Eigentlich wäre es nett, ihn heute Abend einzuladen. Er langweilt sich, allein auf seinem Hof.«

»Mhm«, machte Catherine zweifelnd.

Dann dachte sie an ihre Reitershow und konnte der Lust, dem Mann mit dem knackigen Hintern zu imponieren, nicht widerstehen. Also ermutigte sie Philippe, ihn anzurufen.

Gérard Martial nahm die Einladung sofort an. Vielleicht hätte er es sich zweimal überlegt, wenn er gewusst hätte, dass er an diesem Abend der katastrophalsten Pettigrew-Show seit deren Einführung im August 1982 beiwohnen würde. Aber wie hätte er ahnen sollen, was ihm bevorstand?

Henriette strahlte. Auf Anraten von Suzanne hatte sie aus ihrem Schrank ein prächtiges Etuikleid aus grünem Satin mit einem hübschen Gürtel aus schwarzem Samt ausgewählt, auf dem eine mondsichelförmige, mit Strass besetzte Schnalle prangte. Da sie von Jugend an all ihre Kleidungsstücke aufbewahrte, hatte sich Henriette immer wieder topmodisch gezeigt, ohne es zu wissen. Ihr Abendkleid hätte zweifellos mehr als nur einem Sammler den Kopf verdreht.

Gérard Martial, der Ehrengast im makellos weißen Hemd, durfte neben ihr Platz nehmen. Die anderen setzten sich in der Reihenfolge ihres Auftritts. Wie jedes Jahr standen die Speisen auf einer großen Platte, die auf zwei Holzböcken lag. Noémie war beauftragt worden, das Programm zu schreiben, was sie mit großer Sorgfalt getan hatte. Auf einer Art Pergamentpapier standen die Auftritte und die Namen der Künstler untereinander. Alle hatten einen Titel. Ein merkwürdiges, irgendwie esoterisches, mit der Feder gezeichnetes Siegel zierte den unteren Seitenrand.

»Der grüne Riese« von Philippe Axilette ließ auf sich warten. Um die Zeit zu verkürzen, schenkte Suzanne jedem einen selbstgemixten Cocktail ein, über dessen Zusammensetzung sie die Auskunft verweigerte. Weiche Blätter, die aussahen wie Minze, schwammen auf der Oberfläche einer leuchtenden Flüssigkeit. Das Getränk sah merkwürdig aus, schmeckte aber gut. Pierre wartete trotzdem, bis Isabelle die Hälfte ihres Glases geleert hatte, ehe er das Gebräu kostete.

Plötzlich tauchte ein drei Meter großer Riese auf. Philippe, schwankend auf langen, unter grasgrünen Hosen versteckten Stelzen, ähnelte einem angetrunkenen Reiher. Der Alkohol verdampfte aus all seinen Poren. Er strahlte vor rotwangigem Optimismus, lächelte dem Publikum zu, und seine Arme kreisten wie die Flügel der Windräder bei starkem Wind. Er hatte seine Nummer lange zwischen den Autos seiner Werkstatt geübt, wenn abends die Mechaniker gegangen waren. Doch mit Stelzen auf Gras zu gehen, war entschieden akrobatischer, als die Tanzschritte auf einer Betonplatte auszuführen. Das merkte er bald. Seine spärliche Choreographie bestand darin, sich einige Male um sich selbst zu drehen, sich dann zu verbeugen und elegant allen anwesenden Damen die Hand zu küssen. Als er sich seinem Publikum näherte, stellten sich die Stelzen quer. Er verharrte reglos mitten auf dem Rasen, fand aber nach zwei missglückten Versuchen das Gleichgewicht wieder. Bei seiner Verbeugung machte er den Fehler, zum Boden zu schauen anstatt zum Horizont, und plötzlich raste er direkt auf die unteren Äste der Kastanie zu. Seine Haare verfingen sich im Laubwerk, er unternahm gefährliche Verrenkungen, um aus dem Baum herauszukommen, und stürzte kopfüber auf das Steuer des Mini, dessen Verdeck offen war. Der Wagen fing so laut an zu hupen, dass sogar Mingus, weit entfernt auf seiner Weide, das Maul aus der Tränke hob. Gérard Martial spendete dem akrobatischen Kunststück seines Trinkkumpanen sehr beeindruckt Beifall. Die übrigen Anwesenden beklatschten Philippes erbärmliche Vorstellung nur halbherzig, hatte er doch die drei von Henriette aufgestellten Grundregeln nicht respektiert, die Anstand, Schönheit und Einfallsreichtum hießen.

Während Catherine Philippe befreite, dessen Kopf zwischen Handbremse und Armaturenbrett des Cabriolets verkeilt war, versammelten sich die anderen am Büfett. Angesichts der konsternierten Mienen der Zuschauer schickte Pierre ein Stoßgebet zum Himmel. Dann nahmen alle wieder Platz. Als Nächstes trat eine Gestalt auf, die ganz und gar in einen dichten schwarzen Schleier gehüllt war. Barbara, für die Beleuchtung zuständig, richtete einen weißen Spot auf ein Skelett, dessen Glieder an Fäden hingen, die an ein Holzkreuz genagelt waren, das die schwarz verschleierte Gestalt in der Hand hielt. Suzanne, unsichtbar unter ihrem blickdichten Schleier, klickerte wie ein Blinklicht, um den Tanz ihrer Marionette zu untermalen. Es war sehr merkwürdig. Der Schädel des Skeletts wackelte wie bei einem Parkinsonkranken, während der herabhängende Kiefer laut zu lachen schien. Alle bemühten sich, dieser überraschenden Méliès-Parodie einen Sinn zu geben, und da sie sich auf den unheimlichen Hampelmann konzentrierten, vergaßen sie das Gespenst, das unter seinem Tschador zitterte. Deshalb hörte niemand, wie Suzanne nach Atem rang, hielt man ihr Stöhnen für absichtliche Geräusche aus dem Jenseits. Die alte Frau hatte nicht mit dem Anfall von Platzangst gerechnet, der sie dicke Tropfen schwitzen ließ. Ihr wurde immer übler, und während ihre Glieder sich verkrampften, bewegte sie ihren Hampelmann, ohne sich noch um das Wie und Wohin zu kümmern. Das Skelett machte große Bewegungen, kauerte sich zusammen, richtete sich mit einem Ruck auf und führte einen teuflischen Twist auf. Plötzlich brach die schwarze Gestalt zusammen. Entsetzt schrien die Zuschauer auf. Catherine schob den Haufen Knochen beiseite, der auf den Körper der alten Dame gefallen war, und richtete sie mit Hilfe ihres Bruders ganz behutsam auf. Ludovic riss ihr den Schleier herunter. Suzanne öffnete die Augen und holte tief Luft, allmählich kehrte Leben in ihr Gesicht zurück.

Pierre klatschte Beifall und alle schlossen sich an. Man hörte sogar einige begeisterte Bravos. Catherine setzte ihre Tante neben Henriette und befahl ihr, sich nicht mehr zu rühren.

»Woher kommt dieses Skelett?«, fragte Henriette.

Die Schwestern wechselten einen vielsagenden Blick.

»Oh! Du übertreibst«, sagte die Ältere freundlich und legte die Hand auf den Arm ihrer jüngeren Schwester.

Nun waren Ludovic und Umberto an der Reihe. Alle waren der Meinung, dass sie sich kein Bein ausgerissen hatten. Ihre Kostüme kannte man schon, und das angeblich überarbeitete Geturtel zwischen Alice und ihrem Lanzenreiter war auf die Schnelle hingeschludert worden. Ihr Aufzug und Ludovics Tanzschritte beeindruckten nur Gérard Martial, der noch nie eine Dragqueen gesehen hatte. Außerdem fand ihre Nummer kein Ende, aber das war man von Ludovic gewohnt.

Beim Auftritt von Catherine wurde die Gesellschaft wieder munter. Mit entstaubtem Cowgirl-Kostüm und kunstvoll auf ihrer Föhnfrisur platziertem Stetson hatte sie einen sensationellen Auftritt, bei dem sie wie ein Kuhhirte fluchte. Sie streichelte die Kruppe des alten Hermann und zwang ihn zu einer Drehung, sodass er seitlich auf den Bühnenbrettern zum Stehen kam. Sie zog kurz und heftig an den Zügeln, aber das Ross bewegte sich keinen Millimeter. Auch der zweite Versuch war vergeblich. Nur James verstand, was los war, denn er kannte sein altes Pferd. Hermann hatte am Vortag alles gegeben, als er mit der hysterischen Frau auf seinem Rücken versucht hatte, den wilden Stier abzuhängen. Catherine übersprang die erste Nummer, ganz »Cadre Noir«, wie ihr Auftritt hieß. Sie hätte darin bestanden, das Tier langsam und anmutig eins nach dem anderen seine Hufe heben zu lassen. Sie klopfte ihm sanft auf die Flanke. Erfolglos. Sie rief kräftig »ho! ho!«, um das Tier zu motivieren. James war sehr beunruhigt und ahnte Schlimmes. Am ganzen Körper zitternd, begann der alte Hermann zu wiehern, die Zähne zu blecken und heftig auszuschlagen. In einer Mischung aus Ehrengefecht und echter Rache warf er seinen Folterknecht Gérard Martial vor die Füße. Catherine stand wieder auf, gedemütigt und einmal mehr völlig mit Staub bedeckt.

»Entschuldige, Maman«, sagte sie zu Henriette. »Das alte Ding ist nicht mehr in Form.«

Henriette fragte sich, ob ihre Tochter von sich oder von Hermann sprach.

»Du hast dir hoffentlich nicht wehgetan?«, fragte sie mütterlich.

»Nein«, sagte Catherine zähneknirschend. Allmählich hatte sie die Nase voll von der Gewalt, die sie in den letzten Tagen hatte ertragen müssen, sie verschwand grußlos und den Tränen nahe. »Das geht mir alles am Arsch vorbei«, flüsterte sie, als sie mit schwerem Schritt nach oben ging. »So was von am Arsch vorbei.«

Es folgte James. »Stille« war der geheimnisvolle Name, den er seinem Auftritt gegeben hatte. In glänzendem Smoking, lang und schlank, verkörperte er vollendete Eleganz. Mit seinem Stock mit Knauf in der Hand wartete er, bis die Musik begann. Nach einem *Ragtime* tanzte er einen für sein Alter ziemlich brillanten *Cakewalk*. Dabei ließ er Henriette nicht aus den Augen. Plötzlich schien die Jazzmelodie zu entgleisen. Die Pettigrew-Schallplatten waren alt, und diese war besonders zerkratzt. James wurde nervös, wartete, bis Barbara die Nadel wieder in die Rille gesetzt hatte, und begann von vorn. Mit lautem Kratzen rutschte der Platinarm erneut über die Platte, und James schleuderte seinen Stock mit Hermann'scher Wut von sich.

»*End of the show!*«, verkündete er und verschwand.

James hatte die Angewohnheit, ins Englische zu verfallen, wenn ihm die passenden Worte fehlten, um seinen Ärger auszudrücken.

»Was ist denn dieses Jahr bloß los?«, fragte Henriette besorgt.

Die alte Dame empfand die erbärmliche Vorstellung allmählich als schlechtes Omen und wollte beruhigt werden. Egal wodurch.

»Jetzt sind meine Eltern dran!«, rief Benjamin stolz.

Guillaume und Barbara wurden von allen bewundert. Sie waren schön, sie waren jung und unglaublich anmutig. Barbara war als Pfau verkleidet und wirbelte um Guillaume herum, der sich einen Hirschkopf aufgesetzt hatte. Ihr Auftritt hieß »Empfängnis« und entschädigte für alle anderen. Das Duo führte einen Liebestanz auf, der die Anwesenden entzückte. Nur Noémie, unbemerkt in einer Ecke, kochte vor Wut.

Das nächste Drama ereignete sich bei Benjamins Auftritt. Seine ferngesteuerte Schnecke raste zu schnell los und prallte gegen einen Baumstamm. Tränenüberströmt flehte er um eine zweite Chance. Die zerbeulte Schnecke wurde wieder auf die Bühne gesetzt und ruckte zwei, drei Mal, dann bewegte sie sich im Zickzack bis zum Gitter des Hühnerhofes. Barbara rannte zu ihrem Sohn, der mit dem Gastropoden schimpfte. Die Nummer mit dem bescheidenen Titel »Bolide der Nacht« bekam stehende Ovationen.

Isabelle hatte in ihrer Ratlosigkeit eilig eine Szene der *Gelehrten Frauen* auswendig gelernt und spielte allein vier verschiedene Rollen. Sie absolvierte ihren Auftritt anstandslos.

Pierre war der Vorletzte. Mit Herzklopfen und ohne Kostüm stellte er sich in die Mitte der Bühne und schaute alle Pettigrews einzeln an. Sein Auftritt nannte sich »Verzauberung«. Er schwieg eine lange Minute, dann holte er tief Luft.

»Ich komme aus einer Welt, wo alles seinen Platz hat«, sagte er leise. »Aus einer Welt, wo alles einen Sinn hat, sogar der Krieg und das Grauen, das tagtäglich mit unerträglicher Wiederholung und Banalität an unseren Augen vorbeizieht. Einer chronologischen Welt, in der jedes Ereignis auf das vorhergegangene folgt. Ich bin in einer Familie ohne Tiere und ohne Geschrei aufgewachsen, wo jeder sich in wohlgeformten Sätzen äußerte und nur, wenn er etwas zu sagen hatte. Man hat mich getauft, man hat mir die Grenzen aufgezeigt, jenseits derer man Gefahr läuft, sich lächerlich zu machen. Danach hat man mich wie einen Spitzensportler auf ein langes und schwieriges Studium vorbereitet. Man hat mich mit Gerichten ernährt, deren Zutaten kein Geheimnis bargen, und ging auf Zehenspitzen, um die Ruhe zu respektieren, die meine Konzentration erforderte. Schließlich ließ man mich abends ausgehen, nachdem man mich gewarnt hatte, dass Alkohol ein allmählich wirkendes

Gift sei und Sex eine Betätigung, die man diskret und mit Maß ausüben solle.«

Pierre machte eine Pause. Im Garten hörte man eine Mücke zischend auf einer elektrischen Girlande verbrennen. Die in Wachsfiguren verwandelten Pettigrews warteten auf die Moral der Geschichte.

»Eines Tages, oder vielmehr eines Nachts«, fuhr Pierre fort, »habe ich eine Frau kennengelernt und mich wahnsinnig in sie verliebt. Manchmal erzählte sie mir von ihrer Familie, die ich mir allenfalls halbwegs originell vorstellte. Vor ein paar Tagen habe ich die Schwelle dieses Hauses überschritten, und mein Leben ist ins Wanken geraten. Wie hätte ich ahnen können, was man mir in kürzester Zeit alles zumuten würde?« Pierre machte eine zweite Pause, damit jeder sich erinnern konnte. »Ich habe hier allerdings auch zwei oder drei Dinge gelernt, die ich nicht ungern meiner Allgemeinbildung hinzufüge. Ich habe gelernt, dass man Hühner parfümieren muss, um sie vor der Gewalt ihrer Artgenossen zu schützen. Ich habe entdeckt, dass man mit Pyjamas Poesie erschaffen kann und einer Welt entfliehen, die zum Verzweifeln ist und von der ich dachte, ich müsse jeden Tag ihre kleinsten Erschütterungen ertragen. Ich habe verstanden, dass man glücklich sein kann. Glücklich trotz allem. Ihr seid Magier, ihr seid Zauberer, zwar gefährlich, aber trotzdem Zauberer. Ich bin euch unendlich dankbar, dass ihr mir die Freuden und die Schrecken meiner Kindheit wiedergegeben habt.«

Pierre machte eine tiefe Verbeugung und ging ruhigen Schrittes bis zur Haustür.

Isabelle war in Tränen aufgelöst, Catherine kurz davor und Henriette im siebten Himmel. James schlug vor, noch einen Cocktail zu trinken.

»Um uns von unserer Rührung zu erholen«, sagte er.

Noémies Nummer hieß »Verschwinden«. Sie erschien in einem weißen gesmokten Kleid, ihr langes blondes Haar war wie ein Heiligenschein um den Kopf geflochten. Ludovic und Umberto tauschten ein abfälliges Grinsen. Barbara als Requisiteurin stellte ein Gerüst auf die Bühne. Darüber hängte sie einen schwarzen Vorhang, dann setzte sie sich wieder.

»Für diese Nummer brauche ich einen Partner«, verkündete Noémie.

Sie zeigte mit dem Finger auf Ludovic.

»Kommt nicht infrage«, rief er mit einer Entschlossenheit, die alle überraschte.

»Sehr gut«, entgegnete Noémie. »Dann Sie, Monsieur«, fuhr sie fort und zeigte auf ihren Bruder.

Geschmeichelt kam Benjamin zu seiner Schwester auf die Bühne.

»Monsieur, Sie werden sich hinter diesen Vorhang stellen.«

Benjamin kam der Aufforderung nach.

»Ich bitte Sie nun, einige Sekunden Ihre Atmung einzustellen.«

Noémie schloss die Augen.

»Verschwinde!«, schrie sie.

Sie blickte in die Runde und zog den Vorhang auf. Benjamin war verschwunden. Die Zauberkünstlerin verbeugte sich lächelnd.

»Bravo!«, applaudierte James begeistert.

Etwas ratlos wartete man, dass Benjamin selbstzufrieden aus seinem Versteck hinter der Kastanie hervorkäme.

»Ist dein Auftritt vorbei?«, fragte Guillaume leise.

»Ja«, sagte Noémie regungslos.

Ein gewisses Unbehagen machte sich im Publikum breit. Man geduldete sich noch ein Weilchen, aber nichts passierte.

»Benjamin!«, rief Barbara schließlich. »Wir wollen essen, Liebling.«

Noémie starrte auf ihre Schuhe. Pierre und Isabelle sahen sich besorgt an. Sie standen gleichzeitig auf und fingen an, den Garten zu durchsuchen. Die anderen folgten ihnen und ließen Noémie allein auf der Bühne vor ihrer Urgroßmutter stehen.

»Wo ist dein Bruder?«, fragte Henriette.

Noémie machte eine vage Bewegung, die alles um sie herum einschloss.

»Du weißt nicht, wo er ist?«

Noémie schüttelte den Kopf.

»Dann bekommst du keinen Nachtisch, bevor wir ihn wiedergefunden haben«, sagte die alte Dame, die sich allmählich sehr über das Mädchen ärgerte.

Noémie ließ sie stehen, hüpfte zum Haus und trällerte dabei *L'Air des bijoux.*

Der Garten und alle Räume wurden sorgfältig

durchkämmt. Benjamin war unauffindbar. Gérard Martial schlug vor, die umliegenden Felder und Weinberge einzubeziehen, und ging, gewappnet mit einer großen Taschenlampe, mit Philippe los. Noémie wurde in den Salon gerufen, starrte aber nur wortlos auf ihre Füße. Man versuchte mit allen Mitteln, sie zum Reden zu bringen. Barbara brach schließlich in Tränen aus und schloss sich in ihr Zimmer ein. Guillaume setzte seine Suche im Garten fort, um nicht seine Tochter umzubringen.

Bevor sie zu Bett ging, schenkte Suzanne Océane Lagrenée eine Etage der Geburtstagstorte, dann fuhr die junge Frau mit dem Roller nach Hause. Es war zwei Uhr morgens, und Guillaume zögerte, die Polizei zu rufen.

»Was soll ich ihnen denn sagen?«, fragte er Pierre, mit dem er zum dritten Mal Bo-Baes Wohnung durchsuchte. »Soll ich ihnen erklären, dass meine Tochter ihren Bruder hat verschwinden lassen? Und dass alle ihr glauben? Eine Art kollektive Halluzination? Die halten uns doch für Spinner!«

Pierre sagte nichts, dachte sich aber seinen Teil.

Catherine kam mit einem dicken weißen Kaninchen auf dem Arm in die kleine Wohnung.

»Woher kommt dieses Kaninchen?«, fragte sie ratlos.

Alle drei starrten das Tier an und suchten in seinen Albino-Augen nach einer Ähnlichkeit mit dem Verschwundenen.

»Ich halte es fest. Man kann nie wissen«, murmelte Catherine finster und setzte sich mit dem Kaninchen auf das Sofa.

Kurz darauf tauchte James auf und erklärte, dass es sich um Bo-Baes Kaninchen handelte, das sie freigelassen hatte, bevor sie abgereist war.

»Es sucht sie«, sagte er traurig und befreite Catherine von dem Tier.

Unter Geraschel von rosa Satin, mit schiefsitzender Perücke und mit Sägespänen überzogenen Lackschuhen kam Ludovic herein.

»Wir müssen die Polizei rufen! Selbst unter Folter wird die Göre nichts verraten. Vielleicht stimmt sie der Anblick der Uniformen um.«

»Und du glaubst, sie weiß, wo er ist?«, fragte Catherine.

»Klar«, antwortete Ludovic. »Du glaubst hoffentlich nicht wirklich, dass sie zaubern kann.«

Guillaume wählte die Nummer der Polizei.

Die zwei Polizisten, die bereits den Fall Mingus untersucht hatten, waren schnell am Ort des Dramas. Ludovic, der sich immer noch nicht umgezogen hatte, führte sie in den Salon, er war entschlossen, offen zu reden, und schilderte den Ablauf des Abends. Die Ordnungshüter waren sehr beeindruckt von Noémies Gelassenheit. Normalerweise befragten sie eher abgebrannte Taschendiebe als junge Mädchen im tadellosen Kleid, denen man schwarze Magie unterstellte. Sie sprachen mit ihr, ohne zu schimpfen, stießen aber nur auf trotziges Schweigen. Plötzlich öffnete Suzanne die Tür zum Salon. An der Hand hatte sie Benjamin.

»*Mazel tov!*«, rief Umberto und applaudierte.

»Wo war er?«, rief Catherine.

»Ein komisches Geräusch hat mich aufgeweckt«, sagte Suzanne, ganz zierlich in ihrem Axilette-Pyjama. »Wie das Fallen eines schweren Gegenstands über meinem Kopf. Ich bin auf den Boden gegangen und habe das Kind schlafend zwischen zwei Kartons entdeckt.

»Hatten Sie auf dem Boden denn nicht gesucht?«, fragte einer der Gendarmen, der den Scherz sehr grenzwertig fand.

Natürlich hatten sie den Dachboden zwei oder drei Mal gründlich durchsucht, aber es war müßig, sich darüber auszulassen. Guillaume entschuldigte sich bei den Gesetzeshütern. Nach dem Zwischenfall mit Mingus und dieser nächtlichen Vorstellung wollten die verärgerten Polizisten nichts mehr von der verrückten Familie Pettigrew hören und brachen sofort auf.

Benjamin schlief im Stehen. Sein Vater hatte allerdings nicht die Geduld, bis zum nächsten Tag zu warten, um ihn auszufragen. Er hockte sich vor seinen Sohn, nachdem man ihn in eine Decke gewickelt aufs Sofa gesetzt hatte.

»Wo warst du? Wir haben dich überall gesucht!«

»Ich weiß es nicht«, jammerte Benjamin.

Mit tränenfeuchtem Blick starrte er seine Schwester an. Er wollte noch etwas sagen, dann besann er sich.

»Darf ich ins Bett?«, fragte er und rieb sich die Augen.

10

Isabelle schlug die Augen auf und schaute in die von Pierre. Sie lagen nebeneinander auf dem Bett und sahen sich lang und mit tiefem Ernst an, ohne ein Wort zu sagen und ohne sich zu berühren. Wenige Stunden vor ihrer geplanten Rückkehr nach Paris wusste keiner von beiden, ob sie gemeinsam fahren würden. Das Verschwinden von Benjamin hatte noch einmal alles verändert. Um vier Uhr morgens hatte Pierre darüber sprechen wollen, sehr ernst, wie er betonte, aber Isabelle war mitten in einem Satz eingeschlafen. Nach einer durchwachten Nacht, die er damit zugebracht hatte, den Zwischenfall in seinem Kopf hin und her zu wenden, ließ er ihr Zeit, munter zu werden, bevor er die unterbrochene Unterhaltung fortsetzte. Erneut sprach er die seiner Meinung nach entscheidende Frage der Rationalität an. Er glaubte an ein abgekartetes Spiel zwischen Bruder und Schwester Hiver, ein Versteckspiel, das schlecht geendet und alle in Mordsangst versetzt hatte. Die Pettigrews hatten ein Katastrophenszenario erfunden, weil ihnen die einfache Realität der Dinge niemals ausreichte. Die Vorstellung, dass Isabelle auch nur eine Sekunde lang glauben könne, Noëmie hätte ihren Bruder weggebeamt, war Pierre unerträglich, und er wollte die Frage umgehend klären.

Isabelle zündete sich die erste Zigarette an und hörte ihm aufmerksam zu. Er erklärte ihr, wenn sie an Benjamins widernatürliches Verschwinden glauben könne, sei sie auch fähig, einen Haufen anderer ebenso widersinniger Dinge zu glauben. Für einen Rationalisten wie ihn war das unfassbar und beängstigend. Pierre drängte auf eine Antwort. Sie rechtfertigte nachdrücklich ihr Recht auf ein abweichendes Denken. Er argumentierte mit den schrecklichen Folgen unzähliger gefährlicher Glaubensrichtungen, die seit Beginn des einundzwanzigsten Jahrhunderts im Internet herumschwirrten. Er sprach von absurden Komplotten, von hassverbreitenden Sekten, die sich dort versteckten, von all den bösen Geistern, die sich an der Gutgläubigkeit von Leuten wie Isabelle bereicherten. Es wurde lauter.

Isabelle sprach von der Schönheit, die sich nicht erklären lasse, vom Zufall, den man immer mehr brauche, von der unvorhergesehenen Liebe, die einen wie ein Zauber überfalle und jedem gesunden Menschenverstand widerspreche. Sie zitierte Dichter, brachte das Rätsel um Rembrandt vor, verteidigte das Unerklärliche und befreite es von seinem schlechten Ruf. Sie wollte nicht allem auf den Grund gehen und war der Meinung, dass der Mensch ohne Geheimnis, ohne Angst und ohne Zwiespalt nicht schöpferisch sein könne. Sie versicherte ihm, dass das Innenleben noch eine Zukunft habe und imstande sei, alle Berechnungen zu widerlegen. Würde man jeden Zentimeter dieser Welt systematisch erforschen, wäre der Menschen bald ein seiner Natur entfremdetes Wesen. »Man darf keine Angst vor der Eigenartigkeit haben«, endete sie, »das ist ein Schatz.« Pierre lachte höhnisch. Hinsichtlich der Religion waren sie sich sehr schnell einig. Sie hielten sie beide für eine berechtigte Art, sich das Leben auf Erden zu erklären und dem Tod, dieser höchsten Merkwürdigkeit, die niemand wollte, einen Sinn zu geben.

Sie diskutierten den ganzen Vormittag und nagten das Problem bis zum Knochen ab, ohne sich über das Wesentliche einigen zu können. Isabelle war der Meinung, sie habe gewonnen, sprach es aber nicht aus. Auch Pierre äußerte sich nicht abschließend, beschloss aber, dass der Dissens zwischen ihnen keine unüberwindliche Barriere darstelle. Dass sich nicht unbedingt Gleich und Gleich gesellen müsse, um ein gutes Paar abzugeben.

Isabelle zündete sich eine weitere Zigarette an.

»Und wenn uns Suzannes Cocktail hat durchdrehen lassen?«, fragte sie nachdenklich.

Am Vormittag meldete sich Frédéric bei seiner Mutter und kündigte an, er werde zum Mittagessen da sein und wolle ihnen eine Freundin vorstellen. Die Pettigrews sagten nichts dazu. Sie lebten wie in Zeitlupe. Sie waren kaputt. Sie wollten nur noch lesen, auf einem Liegestuhl vor sich hin dösen, gutgekühlten Weißwein trinken und dem Gackern von Bella Vista und Finoreille lauschen. Nur die Hiver-Kinder bewegten die Luft, als sie um den Kastanienbaum herum Fangen spielten. Niemand erfuhr, worüber Noémie und ihr Vater gesprochen hatten. Nachdem die Polizisten weggefahren waren, hatte Guillaume darum gebeten, ihn mit Noémie allein zu lassen. Und am nächsten Tag war sie plötzlich wieder ein fröhliches Mädchen ohne die Spur eines Stigmas. Ihr Nimbus einer Heiligen war verschwunden, und niemand vermisste ihn.

Henriette war als Letzte aufgestanden. Sie war jetzt dreiundachtzig Jahre alt und spürte keinen Unterschied zum Vortag. Wie jeden Morgen beglückwünschte sie sich, eine weitere Nacht überlebt zu haben.

Isabelle stand nackt vor dem Spiegel im Bad und flüsterte etwa zehn Mal »Isabelle Réveillon«, um sich an den Klang ihres künftigen Namens zu gewöhnen. Sie überlegte sich, dass ihre Kinder eine doppelte Staatsbürgerschaft haben und zwei Sprachen sprechen würden, eine rationale und eine magische. Das würde nicht einfach werden, aber der Versuch lohnte sich allemal.

Pierre und Isabelle gingen durchs Haus, um alle zum Abschied zu umarmen. Ganz zuletzt war James an der Reihe, der im Hühnerhof seine Eier zählte. Als

Pierre den Kofferraum des Corsa öffnete, um das Gepäck einzuladen, fuhr ein Wagen in den Hof und hielt neben ihm. Eine hübsche, aufgebrezelte Brünette stieg aus, gefolgt von Frédéric, dessen Fuß in einem weißen Gips steckte. Pierre sah das Strahlen in den Augen von Fiona Palermo.

»Viel Glück«, flüsterte er der jungen Frau zu, aber sie hatte sich schon von ihm abgewandt.

Sophie Bassignac
Das Leben ist zu bunt für graue Tage
Aus dem Französischen von Claudia Steinitz
208 Seiten, gebunden
ISBN 978-3-455-60040-7
Atlantik Verlag

Wenn du klingelst, wird meine Wohnung ein Zuhause.

Ein altes Wohnhaus im Herzen von Paris: voller Bohème und Lebenslust. Max und Raphael, die als Filmausstatter und Restaurator arbeiten, leben erst seit kurzem dort. In ihrer kreativ-chaotischen Wohnung gehen allerlei Künstler ein und aus. Die Mitbewohnerinnen Louise und Eva und die Nachbarin Cécile sorgen für allerlei Liebeswirren. Warum verliebt man sich eigentlich immer in den Falschen? Das anstehende Silvesterfest bei Max und Raphael ist für alle ein willkommener Neuanfang. Eine charmante Komödie, die vom Leben, der Liebe und der Sehnsucht nach Wärme in kalten Winternächten erzählt.